U0013785

莎士比亞
故事精選

✦—— Tales from Shakespeare ——✦

經典新譯插畫版

莎士比亞 William Shakespeare ／著
蘭姆姐弟 Charles Lamb & Mary Lamb ／改寫
亨利 ・ 寇特尼 ・ 瑟路斯 Henry Courtney Selous ／插畫
陳孝恆、方慈安／譯

Contents

引言

蘭姆姐弟／撰

以下故事是為年輕的讀者而寫，作為接觸莎士比亞作品的入門磚。在本書中，只要情況允許，筆者就盡可能使用莎翁原文；如果為了串成連貫的故事，不得不添補字詞，則會小心選擇使用的文字，盡可能避免干擾原文優美的文氣，基於這個考量，有些英文詞彙在莎士比亞的年代之後才出現，筆者也盡量不採用。

以悲劇故事而言，如果各位讀者未來接觸到莎士比亞的原典，會發現本書的故事大多並未在敘事與對話上做太多調動；但是，筆者在編排喜劇故事時，發現很難將原典直接轉為敘事的形式，因此，對於不熟悉戲劇寫作形式的年輕讀者而言，喜劇故事中出現的對話恐怕會太過頻繁。不過，會說這是缺陷，也是因為筆者誠摯希望能夠盡可能莎翁原典的字句，來呈現這些故事。如果那些「他說」、「她說」、一問一答的橋段，令各位年輕的耳朵覺得冗長乏味，務請諒解，因為唯有如此呈現，才能給予一點引子，讓讀者試試味道，感受一下往後能夠體驗的無盡樂趣。改寫的故事有如幾枚毫無價值的小硬幣，可是，讀者從中可以預見背後蘊藏的豐富寶藏。相較於莎士比亞無與倫比的成就，這些硬幣只是黯淡又充滿缺陷的仿品，會有這些缺陷實屬必然，因為要改寫成散文體裁，就必須犧牲原文中許多精準的用字，改成與本意差距較大的說法，因而往往毀了原作的語言之美；即使在少數狀況中，得以完整保留原文的無韻詩（希望這種韻體的直白風格，能讓年輕讀者誤以為自己在閱讀散文），這段原文依然已經遭到強行移植，離開了充滿野性詩意的原生土壤，優美的程度也就打了折扣。

我們希望，這些故事即使是年紀尚小的孩子也能輕鬆閱讀。筆者秉持著這個信念盡力而為，但是這些故事的主題，卻讓這項任務顯得艱難。要用年幼心靈可以理解的方式，呈現男男女女所建構的歷史，並不容易。希望各位讀者讀過這些不完美的改寫，會對故事梗概有大略的認識，之後如果有機會細細品味優美的原文段落，就能夠更容易理解與欣賞。假如這些選文有幸引起年輕讀者的樂趣，我們也希望，唯一的不良結果頂多是讓他們期待自己早日長大，才能直接閱讀劇本原文。這樣的願望也是合情合理吧。當時機來臨，博學的朋友終於把原典交到他們手中，他們就會發現這本書收錄的文章多麼簡略（更別提還有很多未收錄的作品了），許多驚人的事件與命運的轉折都遭到刪減，因為這種種豐富的細節、生動活潑的男女角色，無法全部收錄進這麼一本小書裡，或許也會因為刪刪減減而失去原本的趣味。

筆者希望，這些故事能向年輕讀者呈現莎劇的價值：豐富的想像力、對德行的彰顯、屏除一切自私自利的思維，呈現所有善良而高貴的言行，教導我們善意、仁慈、慷慨、人道等等美德。也希望小讀者長大之後閱讀原作時，更能有所領會，因為莎劇的每一頁，都滿載著這些價值的具體範例。

四大喜劇

仲夏夜

之夢

A Midsummer Night's Dream

雅典有條法律，賦予市民強嫁女兒的權利，想逼她嫁給誰就嫁給誰，女兒要是反抗，不嫁給父親為她挑選的夫婿，父親就有權求處女兒死刑。不過，父親通常不想看到女兒為此丟了性命，就算女兒不聽勸，這條法律也從未落實過，只是父母經常拿這條法律來恐嚇女兒。

不料有一天，一個名叫伊鳩斯的老父來到雅典公爵特修斯面前，控訴他女兒赫米亞不遵從他的命令，拒絕嫁給出身雅典貴族的迪米特里厄斯，全因為她早有心上人，也就是另一個名叫萊桑德的雅典年輕人。伊鳩斯請特修斯主持公道，執行峻法，判他女兒死刑。

赫米亞懇求父親諒解她，因為迪米特里厄斯曾經向她的朋友赫蓮娜示愛，赫蓮娜也為他癡狂，所以她不能嫁給迪米特里厄斯。然而，無論赫米亞的理由多麼高尚，鐵了心的伊鳩斯仍不為所動。

雖然特修斯是位偉大仁慈的公爵，但他也無權更動自己國家的法律，只能給赫米亞四天限期考慮。要是時間到了她仍堅持不嫁，那麼死刑在所難免。

赫米亞將消息告訴萊桑德。

赫米亞從公爵那裡告退後，便去找她的愛人萊桑德，向他傾訴自己所處的困境：她要是不離開萊桑德，嫁給迪米特里厄斯，四天後就會被處死。

萊桑德聽到這個壞消息，非常苦惱。這時，他想起有個阿姨住在遠方，離雅典有段距離，如果逃到那裡，這條嚴酷的法律就不能用在赫米亞身上，只要跨出城界，這條法律就不適用了。

他告訴赫米亞，要她在約定的當晚溜出父親家門，和他私奔到阿姨家，並在那裡結婚。

「我們就約在城外數哩遠的林子裡見面，」萊桑德說：「也就是在歡欣愉悅的五月，我們常和赫蓮娜散步的那個林子。」

赫米亞聽了，非常開心地同意。她沒有將私奔的事告訴任何人，只告訴了赫蓮娜。可惜，少女常為愛做傻事，赫蓮娜就是其中之一，她做了一件不太厚道的事：將這個消息告訴迪米特里厄斯，因為迪米特里厄斯早就變心了。她出賣朋友並沒有得到任何好處，迪米特里厄斯追到林子裡找赫米亞，赫蓮娜也跟在後面。

萊桑德和赫米亞約定的林子，正是大家口中的精靈常出沒的地方。

每到午夜，精靈國王奧伯隆及精靈王后泰坦尼亞會帶一群小精靈，在林子裡設宴狂歡。這時，國王和王后卻起了爭執。在月光皎潔、林蔭成道的快樂森林中，他們一見面就吵架，吵到小精靈們都心慌害怕，一個個跑到橡果裡躲起來了。

他們會吵起來，是由於泰坦尼亞不肯把她偷換來的小男孩送給奧伯隆。這個小男孩的媽媽是泰坦尼亞的朋友，她死後，王后立刻從保母那兒偷走小男孩，在林子裡將他撫養長大。

這對戀人相約在林子見面的當晚，泰坦尼亞正和幾位女侍散步，湊巧遇見奧伯隆和他的諸位侍臣。

「真是相見不歡，高傲的泰坦尼亞。」精靈國王說。

王后答道：「啊，這不是眼紅的奧伯隆嗎？眾精靈，快走吧，我早已發誓要離開他了。」

「等等，魯莽的精靈，」奧伯隆說：「難道我不是妳的夫婿？為什麼泰坦尼亞要違逆她的奧伯隆呢？快把妳偷換來的小男孩給我當隨從。」

「你省省吧，」王后答道：「就算你拿整個精靈王國來換，也換不到這個男孩。」

王后說完便直接離去，獨留氣沖沖的夫婿。奧伯隆說：「好啊，隨妳便，天亮前我會要妳付出代價。」

奧伯隆馬上召見他最寵信的使臣帕克。帕克（也有人叫他好夥伴羅賓）是個精明狡詐的小精靈，常在附近的村子裡惡作劇。有時，他會到乳品場把表層的乳脂刮走，或是把輕盈的身軀投到攪乳桶裡，在桶裡跳著奇異的舞蹈，這樣一來，製乳的女僕想把奶油攪拌成固態牛油的話，只會白費時間，就算是村裡的男丁來攪拌也做不成。只要帕克在釀麥芽酒的銅鍋裡搗亂，那麼這鍋酒鐵定是毀了。要是有幾個好鄰居聚在一起，打算舒服地喝點麥芽酒，帕克就會幻化成烤螃蟹，跳到酒碗裡，就在這些老婦正要喝下去時，他會夾住她們的嘴唇，撒得她們的老臉上都是酒。之後，等到老婦一臉嚴肅地坐下來，要向鄰居傾訴悲傷淒涼的故事，帕克會抽走她們坐的三角椅，摔得這可憐老太太四腳朝天，其他老長舌則捧腹大笑，發誓她們從沒這麼開心過。

「過來，帕克，」奧伯隆對這個喜歡在夜裡漫遊的快樂小精靈說：「去幫我找一種花，女侍都稱這種花為『相思花』；這種嬌小嫩紫的花兒，只要趁人睡著時，滴一滴汁液在眼皮上，就能讓他們愛上醒來第一眼看見的東西。趁泰坦尼亞睡著，我會把一些汁液滴在她的眼皮上，如此一來，等她睜開雙眼，無論是看到獅子、熊、好管閒事的猴子、瞎忙的猩猩，都一定會愛上。我知道怎麼解開這種魔法，但是在那之前，我會要她把那個小男孩送我當隨從。」

帕克非常喜歡作弄人，聽到主人的惡作劇計畫之後，非常開心，馬上跑去尋找這種花。

奧伯隆等帕克回來，這時，他看到迪米特里厄斯和赫蓮娜走進森林，無意間聽到迪米特里厄斯因為赫蓮娜跟蹤他，厲聲指責赫蓮娜。他說了些難聽話，但赫蓮娜還是溫柔地描述，迪米特里厄斯以前是如何愛慕她，也說過要真心相待。可是，迪米特里厄斯仍然像他自己所說的一樣，拋下赫蓮娜一個人留在林中，任野獸擺布，赫蓮娜只能拚命追上他。

精靈國王對真心相愛的戀人一向很友善，所以非常同情赫蓮娜。況且，萊桑德也說過，他們過去常和赫蓮娜一起，在月光下愉快地漫步林間；說不定，在迪米特里厄斯還愛著赫蓮娜的那段快樂時光，奧伯隆也曾見過她。無論如何，帕克帶著嬌小的紫花回來以後，奧伯隆告訴他：「這附近有位甜美的雅典女孩，愛上了一個自視甚高的年輕人。你拿一些花過去，要是看到那年輕人在睡覺，就在他的眼皮滴上少許愛情魔藥。要滴的時候，那個女孩必須正好在他附近，才能確保他醒來第一眼見到的是這位他所輕視的女孩。這個少年穿著雅典服裝，你見了就會知道。」帕克保證這差事萬無一失。

隨後，奧伯隆悄悄來到泰坦尼亞的閨房，她正準備就寢。她那靈氣滿盈的閨房是座花壇，長著野生百里香、黃花九輪草，還有芬芳的紫羅蘭，上方有忍冬、麝香薔薇和野薔薇遮蔭。泰坦尼亞晚上都會在這裡入眠，她把油亮的蛇皮當作床罩，雖然尺寸不大，但也夠裹起一個精靈了。

這時，泰坦尼亞正對著精靈發號施令，吩咐眾人在她睡著時得做什麼事。精靈王后說：「一定要有人設法根絕麝香薔薇花苞的潰瘍病；有人要去對付蝙蝠，取得牠們的皮翅膀，好替我的小精靈縫製外套；有些去看守聒噪的貓頭鷹，牠們晚上老愛咕咕叫，別讓牠們來吵我。不過，先唱首歌好讓我睡覺。」

於是，精靈唱起這首歌：

吐信的花蛇走啊走，
扎人的刺蝟，走開啊；
蠑螈和蜥蜴別搗亂，
別靠近精靈王后啊。
夜鶯和著曲，唱著歌，
唱著甜蜜的搖籃曲，
唱啊，唱啊，快睡吧；唱啊，唱啊，快睡吧。
傷害、咒語、魔法全退散，
別糾纏美麗的夫人；
隨著搖籃曲，晚安吧。

眾精靈唱著好聽的搖籃曲，哄精靈王后入睡，隨後便動身去辦王后交代的重要事項。奧伯隆躡手躡腳來到泰坦尼亞身邊，滴了幾滴愛情魔藥在她眼皮上，說：

醒來第一眼，
真愛現眼前。

回頭來說赫米亞，那晚她逃離父親家，以免因為拒絕嫁給迪米特里厄斯而遭到死刑。她走進森林，萊桑德正在等她，要帶她去阿姨家。不過，他們連林子的一半都還沒走到，赫米亞就已經疲累不堪。由於赫米亞為了證明她的愛，連性命都願意犧牲，所以萊桑德對她悉心照料，勸她在柔軟的草地上休息，隔天早上再動身，萊桑德自己則在不遠的地上躺下來，兩人很快就進入夢鄉。

此時，帕克找到了他們，他看見一位穿雅典服裝的英俊男子在睡覺，旁邊還睡著一位美麗姑娘，便斷定他們就是奧伯隆派他去找的雅典女孩和她高傲的愛人。既然他們是單獨相處，帕克自然認為，他醒來必定會第一眼就見到這位女孩，不假思索倒了幾滴紫花的汁液在他的眼皮上。但是，事情卻變了調，赫蓮娜碰巧經過，於是萊桑德醒來後，第一個映入眼簾的人成了赫蓮娜，而不是赫米亞。

說來奇妙，這愛情魔藥藥效強勁，導致他對赫米亞的愛全部煙消雲散，反而深深戀上赫蓮娜。

假如他醒來第一眼看到的是赫米亞，那麼帕克所犯的失誤就沒什麼大礙了，畢竟他本來就對這位癡情少女十分傾心。殊不知，可憐的萊桑德卻因為精靈的魔藥，被迫遺忘他的真愛赫米亞，反而去追求另一位姑娘，徒留熟睡的赫米亞在午夜時分獨自一人待在森林中，這一切真是來得很不湊巧。

不幸就這麼發生了。如前所述，迪米特里厄斯粗魯地拋下赫蓮娜，自顧自地走掉，赫蓮娜使勁想要趕上他，可惜兩人的腳程差太多，她很快就走不動了，畢竟男人比女人更擅長長程賽跑。沒過多久，赫蓮娜就跟丟了迪米特里厄斯，一個人在林間徘徊，既沮喪又絕望，剛好走到了萊桑德睡覺的地方。

「啊！」她叫道：「躺在地上的不是萊桑德嗎？他是死了，還是正在熟睡？」她輕輕地搖萊桑德：「先生，如果你還活著，就醒醒吧。」

萊桑德聽到後，睜開雙眼，愛情魔藥登時發揮藥效。他馬上對赫蓮娜甜言蜜語，表現出瘋狂的愛意，說她比赫米亞美上千倍，兩人相比有如鴿子比烏鴉，他還願意為了她赴湯蹈火……諸如此類的花言巧語，說也說不完。赫蓮娜知道，萊桑德是她朋友赫米亞的愛人，萊桑德也慎重其事，決意娶她；因此，當赫蓮娜聽到萊桑德這麼說，十分光火。這也難怪，因為她認為萊桑德取笑她。

「啊！」她說：「為什麼我生下來就是被人鄙視嘲笑的命呢？難道還不夠嗎？還不夠嗎？這位先生，迪米特里厄斯再也不癡情地凝視我，再也不對我甜言蜜語，這還不夠嗎？你非得用這種恥笑的方式，假裝要追求我嗎？萊桑德，我本來以為你是個風度翩翩的正人君子。」

她氣沖沖地邊說邊跑走，萊桑德連忙追上去，徹底把熟睡的赫米亞拋在腦後。

萊桑德醒來後，第一眼見到赫蓮娜，立刻向她示愛。

赫米亞醒來，發現自己獨自一人，既驚慌又難過。她在林子裡徘徊遊蕩，不知道萊桑德到底怎麼了，也不知道從何找起。同時，迪米特里厄斯遍尋不著赫米亞和他的情敵萊桑德，勞累不堪，很快便睡著了，正巧被奧伯隆看見。奧伯隆問了帕克幾個問題，就知道他將愛情魔藥滴錯了人，此時，既然找到本來該滴上魔藥的人，奧伯隆便將愛情魔藥滴在迪米特里厄斯的眼皮上。

迪米特里厄斯馬上醒來，醒來第一眼見到的是赫蓮娜，於是像萊桑德那樣，開始對赫蓮娜說些甜蜜的情話。隨後萊桑德也出現了（由於帕克糟糕的失誤，現在成了赫米亞得追著萊桑德跑），兩人都中了相同的強力魔藥，雙雙向赫蓮娜示愛。

赫蓮娜見狀，大為吃驚，以為迪米特里厄斯、萊桑德和曾經的知己赫米亞是一起串通好要開她玩笑。赫米亞也跟赫蓮娜一樣錯愕，她不明白，萊桑德和迪米特里厄斯本來如此愛她，為何不約而同愛上赫蓮娜，這對赫米亞來說一點也不像玩笑。

兩位女孩原本是知音摯友，現在卻落得惡言相向的下場。

「無情的赫米亞，」赫蓮娜說：「是妳一手策劃，慫恿萊桑德故意說些讚美的話來諷刺我、激怒我。不只如此，另一個愛妳的人迪米特里厄斯，以前視我如敝屣，如果不是妳煽動他來嘲笑我，要他叫我女神、仙女，還說我是絕代佳人、國色天香，難道他會主動跟我說這些話？冷酷的赫米亞，妳竟和男人聯手譏笑妳可憐的朋友，難道妳忘了我們的同窗情誼？赫米亞，我們時常並肩坐在同一張椅墊、唱同一首歌、繡著相同式樣的花，我們一起長大，猶如櫻桃並生一蒂，誰也離不開誰！赫米亞，你夥同男人取笑妳無助的朋友，真是太過分、太失格了。」

「妳如此激動，口出惡言，我才覺得訝異，」赫米亞說：「我並沒有譏笑妳，現在看起來，擺明是妳在嘲弄我。」

「唉，隨你們吧。」赫蓮娜說：「繼續裝吧，人前裝得一本正經，卻在我背後擠眉弄眼，還彼此使盡眼色，繼續開這個玩笑。妳要是還有憐憫心、慈悲心，要是還有一點分寸，就不會這樣利用我了。」

赫蓮娜和赫米亞唇槍舌戰之際，迪米特里厄斯和萊桑德已經離開，到森林中決鬥，爭奪赫蓮娜的愛。在她們發現兩位男士離開之後，便分道揚鑣，各自拖著疲憊的身軀，在林子裡尋找自己的愛人。

精靈國王和小帕克一直在偷聽他們爭吵，等他們一行人全都離開，精靈國王對小帕克說：「帕克，你到底是無心，還是有意犯下這樣的過錯？」

「相信我，精靈之王，」帕克答道：「我真的是不小心的，您不是告訴我那個男人穿著雅典服裝嗎？話雖如此，我對這件事並不感到抱歉，我覺得他們吵成一團很有趣。」

「你都聽到了，」奧伯隆說：「迪米特里厄斯和萊桑德要去找適合的地方決鬥。我命令你散布濃霧，罩住黑夜，讓這幾個爭吵不休的戀人在黑暗中迷路，找不到對方。模仿他們的聲音，挖苦嘲笑對方，讓他們以為自己聽到的是情敵的聲音，藉此引誘他們跟你走，直到他們困頓疲倦，走不動為止。等他們睡著，在萊桑德的眼皮滴上另一種花的汁液，他醒來以後，就會忘記對赫蓮娜的愛慕，回頭去找舊愛赫米亞了。如此一來，兩位美麗姑娘都能和心儀的男子快樂成雙，以為剛剛只是一場惱人的夢。說到這個，帕克，我要去看看我的泰坦尼亞找到什麼可人兒了。」

泰坦尼亞還在夢鄉，奧伯隆看見她附近有個鄉巴佬，那個人也在林子裡迷了路，現在正熟睡著。奧伯隆說：「這傢伙就當泰坦尼亞的真愛吧。」於是，他把驢子頭套罩在這個鄉巴佬頭上，看起來非常合適，合適到就像從他自己肩膀長出來的樣子。雖然奧伯隆小心翼翼地把頭套放上去，還是把那個人給吵醒了，他站起來，渾然不知奧伯隆所做的事，朝著精靈王后歇息的花壇走去。

泰坦尼亞睜開眼，小紫花汁液開始發揮藥效：「天啊！我看到的是天使嗎？你那麼俊美，難道你也很聰明，才貌雙全嗎？」

「哎呀，小姐，」傻呼呼的鄉巴佬說：「要是我夠聰明，能出得去這座林子，那我就不用煩惱了。」

「出林子？不，你不要走，」癡迷的王后說：「我可不是普通的精靈。我愛你。你跟我走吧，我會找幾個小精靈來來服侍你。」

小精靈帕克與長了驢頭的鄉巴佬。

她隨後叫來四個小精靈，名字分別是：豌豆花、蜘蛛網、飛蛾、芥子。

「快，」王后說：「快過來服侍這位迷人的先生，他走路時，你們就跟著蹦蹦跳跳，在他面前嬉戲，逗他歡樂；你們要餵他吃葡萄和杏仁，還要竊取蜜蜂的蜜囊過來獻上。」

她又對鄉巴佬說：「來，快來跟我坐在一起，我美麗的驢子！你的臉頰毛茸茸的，快過來讓我摸摸。我溫柔的寶貝！你的大耳朵好漂亮，快過來讓我親吻。」

「豌豆花在哪？」驢頭男鄉巴佬問，他並不是很在意精靈王后的愛慕，倒是對自己有新的隨從洋洋得意。

「先生，我在這裡。」小豌豆花說。

「幫我搔搔頭，」鄉巴佬說：「蜘蛛網呢？」

「我在這裡，先生。」蜘蛛網答。

「蜘蛛網先生，」傻里傻氣的鄉巴佬說：「那株薊草上頭的紅色小蜂，給我除了。還有，蜘蛛網先生，幫我拿蜜囊來，拿的時候不要慌慌張張，好生顧著，別給摔破了，要是打翻蜜囊，我可是會難過的。芥子在哪？」

「先生，我在這裡，」芥子說：「請問有什麼吩咐？」

「沒什麼，」鄉巴佬說：「芥子先生，你就過來和豌豆花先生幫我抓癢吧。芥子先生，看來我非得去理髮店一趟了，我覺得臉上的毛太多了。」

「親愛的，」王后說：「你想吃什麼？有個喜歡四處冒險的小精靈，我讓他去找松鼠的糧倉，幫你拿些新鮮堅果回來。」

「我還比較想吃把豌豆乾呢。」鄉巴佬說。他戴上驢子頭套後，口味也變得跟驢子一樣了。「不過，你行行好，叫你的手下不要來打擾我，我想睡了。」

「那你睡吧，」王后說，「我會把你擁在懷裡，噢，我是多麼愛你呀！我是多麼寵你呀！」

精靈王后將鄉巴佬擁在懷中，
替他戴上花冠。

精靈國王看到這鄉巴佬在王后懷裡入睡，便來到她眼前，責罵她竟然對隻驢子如癡如醉。王后無可反駁，因為當時鄉巴佬正睡在她懷裡，她還幫他戴上了花冠呢。

奧伯隆一陣嘲笑後，再次向王后索要她偷換來的男孩。王后因為被夫婿發現和新歡在一起，備感羞愧，也不敢拒絕他的要求。

奧伯隆奢望這個小男孩來當他的隨從已經很久了，現在終於到手；看到泰坦尼亞因為他設下的詭計，落得這麼不光彩的局面，奧伯隆深感同情，便把另一種花的汁液撒了幾滴在她的眼皮上。

精靈王后隨即恢復神智，納悶自己先前怎麼如此昏聵，她說現在看到這陌生怪物就覺得噁心。奧伯隆把鄉巴佬戴的驢子頭套拿下來，讓他頂著自己愚蠢的腦袋瓜繼續睡。

奧伯隆和泰坦尼亞和好如初，他向她描述這幾個戀人的故事，還有他們午夜爭吵的經過。聽完之後，泰坦尼亞同意要和他一道去看看這段奇遇如何落幕。

精靈國王和王后找到這兩位癡情男子和他們美麗的情人，這幾名男女彼此相隔不遠，睡在同一片草地上。帕克為了彌補過錯，在他們不知情的狀況下，竭盡心力把他們引到同一個地方，小心翼翼將精靈國王給他的解藥滴在萊桑德的眼皮上，解除魔咒。

赫米亞第一個醒來，發現她那變心的萊桑德就睡在附近，她望著他，想不透為何他會如此反覆無常。不久，萊桑德睜開眼，見到他親愛的赫米亞，便恢復理智，之前精靈魔藥遮蔽了他的雙眼，此時都恢復了，他找回了對赫米亞的愛。他們開始討論那晚的經歷，懷疑這些事是不是真的，還是其實他們都做了相同的怪夢。

赫蓮娜和迪米特里厄斯這時也醒了。由於睡了一場好覺，赫蓮娜躁動憤怒的情緒平息下來。迪米特里厄斯依然對她殷勤不斷，她聽了非常高興；讓她又驚又喜的是，她慢慢感受到他的真心真意。

這兩位在夜裡遊蕩的美麗少女不再敵對，言歸於好，所有曾說出口的惡言都煙消雲散。她們冷靜下來，彼此商討該如何處理目前的情況，兩人很快就得到結論：既然迪米特里厄斯已經放棄迎娶赫米亞，那他應該盡力勸說赫米亞的父親撤銷判決，放棄殘酷的死刑。為了朋友情誼，迪米特里厄斯正準備要回到雅典，卻出乎意料地撞見赫米亞的父親伊鳩斯，原來他為了找尋私奔的女兒來到了森林。

伊鳩斯明白迪米特里厄斯不娶他女兒以後，不再反對女兒和萊桑德的婚事，同意四天後讓他們結為連理，正好就是原本赫米亞要執行死刑的那一天。現在，迪米特里厄斯對赫蓮娜忠貞不渝，赫蓮娜也開心答應要在同一天嫁給心愛的他。

因為奧伯隆好心相助，四人盡釋前嫌，有情人終成眷屬。雖然他們看不見精靈國王和王后，不過國王和王后看了這結局非常欣喜，這些善心的精靈決定要慶祝即將到來的婚禮，整個精靈王國都要熱鬧狂歡。

如果有人不喜歡故事裡的精靈和惡作劇，覺得這些事太不可思議、光怪陸離，他們也只好當作自己做了一場夢，所有的奇遇都只是夢中所見罷了。希望讀者不會如此蠻不講理，為了一場無傷大雅的仲夏夜之夢而生起氣來。

精靈國王與王后言歸於好。

你知道嗎？
關於《仲夏夜之夢》的豆知識

- 《仲夏夜之夢》成為許多作品的靈感來源，包括作曲家孟德爾頌的《結婚進行曲》，甚至也影響了一九八八年的著名動作片《終極警探》：導演約翰・麥提南曾說，電影中的時間軸本來是三天，但他看了《仲夏夜之夢》以後，決定把故事改成在一夜間發生。

- 《仲夏夜之夢》沒有單一主角，劇情主要圍繞著三組人物發展，一般認為精靈帕克是故事中最重要的角色。故事中也沒有反派，劇情張力完全仰賴巧合、意外與錯誤來建立。

- 在莎士比亞的年代有位重要官員塞謬爾・佩皮斯（Samuel Pepys），他的私人日記流傳了下來，成為寶貴的史料。他觀賞過不少莎士比亞的戲劇演出，當中也包括《仲夏夜之夢》，可惜他並不喜歡這齣戲，甚至在日記中直白地評論道：「我以前沒看過，以後也不會再看了，這齣戲是我看過最無趣、最荒唐的劇碼。我承認，裡面有些歌舞是還不錯，還有一些挺漂亮的女性角色，不過也就這樣了。」

威尼斯

商人

The Merchant of Venice

威尼斯的猶太人夏洛克專放高利貸，借錢給基督徒商人收取高額利息，以此累積龐大財富。夏洛克是個鐵石心腸的人，討債手段嚴苛，好心人都非常厭惡他，尤其是年輕商人安東尼奧，對他更是厭惡至極。由於安東尼奧會借錢給有困難的人，從不收取分毫利息，讓夏洛克也對他滿懷怨恨；因此，這位貪婪的猶太人和慷慨的商人安東尼奧簡直不共戴天。每當安東尼奧在市場交易所里亞爾托見到夏洛克，就會對他嚴詞責罵，批評他放高利貸、交易手段太強硬；這位猶太人雖然表面上耐心聆聽安東尼奧指教，心裡卻是暗自盤算，等待復仇。

安東尼奧是當時最敦厚善良的人，不僅家境寬裕，為人也謙恭有禮，從不怠慢，在當時的義大利，他可以說是最具備古羅馬榮譽節操的人了。他受到所有市民愛戴，其中與他最親近、交情最深的人是一位威尼斯貴族，名叫巴薩尼奧。

巴薩尼奧擁有一小筆遺產，財力微薄，卻過著超出他所能負擔的生活，幾乎散盡家財；許多擁有貴族身分卻財產不多的年輕人，經常面臨這種困境。只要巴薩尼奧需要用錢，安東尼奧就會伸出援手，兩人關係非常親密，在金錢上也不分你我。

有天，巴薩尼奧拜訪安東尼奧，說他想要和深愛的富家女結婚，同時也能藉此解決他的財務問題。這位小姐的父親最近過世，留下龐大的遺產給唯一的女兒。她父親在世時，巴薩尼奧常登門拜訪，那時他注意到這位小姐的雙眸飽含情意，似乎在告訴他，要是他上門追求，她會樂於接受。他需要一些錢來打扮體面，以顯示自己配得上這麼富有的繼承人，便來找安東尼奧，請他再幫忙一次，借他三千金幣。

當時，安東尼奧手頭沒有錢可以借給朋友，不過很快就會有一些商船載滿貨物回港，所以他說要去找那位富有的夏洛克借錢，並以那些船擔保。

巴薩尼奧、安東尼奧兩人一同拜訪夏洛克。

兩人一同去找夏洛克，安東尼奧請這位猶太人借他三千金幣，利息隨他開口，之後以海上那些商船的貨物來償還。夏洛克暗自忖度：「一旦抓住他的把柄，就能一解宿怨。他看我們猶太人不順眼，無息借錢給人，還在其他商人面前罵我，指責我正當談來的交易，把那些全稱作利息。要是我原諒他，我全族不得好死！」

安東尼奧見他陷入沉思，沒有回答，偏偏又急需這筆錢，便說：「夏洛克，你有沒有聽到？你是借還是不借？」

猶太人答道：「安東尼奧先生，你時常在里亞爾托指責我放高利貸，錢財取之無道，我也只是聳聳肩，耐心聽你說教，因為忍耐是我族的美德。你說我不信上帝，是隻殘酷無情的狗，還在我的猶太服上啐口水，像對待野狗那樣把我一腳踢開。現在看起來，你需要我的幫忙，所以你來找我，劈頭就說：『夏洛克，錢借我。』難不成狗會有錢嗎？野狗有可能借你三千金幣嗎？我是不是應該低聲下氣地說，『英俊的先生，您上星期三吐我口水，還有一次罵我是狗，為了回報您的大恩大德，所以錢馬上借給您』？」

安東尼奧回答：「我還是會照樣罵你，照樣吐你口水，也會見你就踢。假如你肯借我這筆錢，不要當成是借給朋友，而是借給你的敵人，這樣一來，要是我違約，你也比較好意思對我求處刑罰。」

「哎呀，你看看你，」夏洛克說：「怎麼氣成這樣！我想與你為友，贏得你的好感，我會忘掉你從前怎麼羞辱我。我可以借你錢，不收半毛利息。」

對這個看似好意的交易，安東尼奧受寵若驚。夏洛克為了贏得安東尼奧的好感，繼續虛情假意，又說他願意無息借出三千金幣，只是安東尼奧必須跟他去律師那裡一趟，像扮家家酒那樣簽個借據：要是安東尼奧逾期還不出來，夏洛克就能從他身上任何一個部位切下一磅的肉。

「沒問題，」安東尼奧說：「借據我會簽，也會宣揚你這位猶太人真是宅心仁厚。」

巴薩尼奧說安東尼奧不該為了他簽下這種借據，但安東尼奧執意要簽。反正他的船在借據到期前就會回港，船上貨物的價值是這些錢的好幾倍。

夏洛克聽到他們倆意見相左，便大聲說：「噢，先知亞伯拉罕啊，這些基督徒多麼疑神疑鬼呀！自己尖酸刻薄就罷了，連別人的好意都要懷疑。巴薩尼奧，我拜託你告訴我，要是他真的違約，我執意割下他的肉能得到什麼呢？一磅人肉的價值也比不上羊肉或牛肉，根本無利可圖。我是為了贏得他的好感才釋出善意，要嘛就接受，不領情就算了。」

儘管這猶太人說自己是出於善意，巴薩尼奧仍然不希望朋友為他冒險，畢竟這懲罰實在太嚇人了。可惜，最後安東尼奧還是不聽他的勸，簽下了借據，以為就如這猶太人所說，不過是開開玩笑罷了。

巴薩尼奧想娶進門的這位富有繼承人，住在威尼斯附近的貝爾蒙特。她名叫波西亞，舉止優雅、為人善良，絲毫不遜於古羅馬的名媛波西亞，也就是加圖❶之女、布魯圖斯❷之妻。

1 加圖（Cato）是羅馬共和國晚期的政治家。
2 布魯圖斯（Brutus）為羅馬共和國晚期的元老院議員。

優雅的波西亞與侍女娜瑞莎。

安東尼奧冒著生命危險，好心將這筆錢借給巴薩尼奧。拿到錢之後，巴薩尼奧領著一行人，身著華服，浩浩蕩蕩前往貝爾蒙特，好友葛萊西安諾先生也一同隨行。巴薩尼奧求愛成功，波西亞很快就接受他，同意成為夫妻。

巴薩尼奧向波西亞坦承，他沒有任何財產，唯一能拿出來說嘴的就是出身世家貴族。不過，波西亞愛的是他高貴的節操，她已經非常富有，並不在乎丈夫是否財力雄厚，便以謙虛得體的態度回答他，她多麼希望自己再美麗一千倍、富有一萬倍，才能配得起他。才華洋溢的波西亞接著又自貶了一番，說她沒上過學、沒受過教育，也沒什麼歷練，不過她還年輕，樂意學習。她說：「我自己，包括我所擁有的一切，現在都屬於你。巴薩尼奧，就在昨天，我還是這棟豪宅的小姐，事事自己作主，也是這些僕人的女主人；但是，我的夫婿啊，現在這棟房子、這些僕人、還有我自己，全部與你共享，連同這只戒指一起交給你。」接著，她便把戒指交給巴薩尼奧。

巴薩尼奧的感激之情溢於言表，心想這富有又高貴的波西亞竟如此謙遜地接受他，對他微不足道的財產一點也不在意。這位心愛的小姐如此敬重他，讓他不知該如何表現內心的喜悅與崇敬，只能結結巴巴地吐露愛意和感謝。收下戒指時，他發誓會永遠戴在手上。

波西亞說話得體，答應與巴薩尼奧共結連理，在整個過程中，葛萊西安諾和波西亞的侍女娜瑞莎都陪侍在側。葛萊西安諾祝福巴薩尼奧和這位慷慨的小姐幸福快樂，說他希望能得到允許，同時完成婚事。

巴薩尼奧說：「葛萊西安諾，假如你有對象的話，我真心真意祝福你。」

葛萊西安諾說，他愛上了波西亞小姐的女侍，也就是優雅的娜瑞莎，她承諾若是小姐嫁給巴薩尼奧，她就願意成為葛萊西安諾的妻子。

波西亞問娜瑞莎這件事是否屬實，娜瑞莎回答：「小姐，是真的，只要你同意的話。」

波西亞樂意之至，巴薩尼奧開心地說：「葛萊西安諾，你的婚禮一定會讓我們的喜宴更添光彩。」

兩對戀人開心之際，不幸有個信使登門拜訪，替安東尼奧帶來一封信，捎來可怕的消息。

巴薩尼奧讀安東尼奧的信時，臉色蒼白，波西亞擔心是某位摯友的死訊，便問他到底是什麼消息，讓他如此憂傷煩惱。他說：「噢，溫柔的波西亞，信裡不會有比這更壞的消息了。溫文儒雅的小姐，剛才向妳傾吐愛意時，我坦承血統是我僅存的財產，卻沒有告訴妳，我不僅窮困潦倒，還負了債。」

巴薩尼奧告訴波西亞來龍去脈，包括他向安東尼奧借錢，安東尼奧從夏洛克那裡借了這筆錢來給他，還有安東尼奧簽下的借據：要是借期前還不出來，就要割下一磅肉。

巴薩尼奧接著念安東尼奧的信，信裡是這麼寫的：「親愛的巴薩尼奧，我的船全失蹤了，我和猶太人簽的借據得依約履行，從身上割下一磅肉後，我肯定是活不成了，臨死前希望可以見你一面。當然，一切還是看你的意願，若我們之間的情誼不足以讓你來見我最後一面，那就不要因為這封信勉強來見我。」

夏洛克前去向安東尼奧討債。

「噢，親愛的，」波西亞說，「那得趕緊安排，儘快出發，現在你擁有的黃金是這筆借款的二十幾倍，不能因為我心愛的巴薩尼奧，讓你那位善良的朋友傷到一根寒毛。既然我付出這麼大的代價才得到你，我一定會好好愛你。」波西亞說要在巴薩尼奧出發前就嫁給他，如此一來，他才能合法運用她的財產。他們結婚當天，葛萊西安諾也和娜瑞莎成親了。

完婚以後，巴薩尼奧和葛萊西安諾便急忙趕到威尼斯，最後，在監獄裡找到安東尼奧。

由於借期已過，巴薩尼奧才奉上還款，心狠手辣的夏洛克根本不屑一顧，堅持要割下安東尼奧一磅的肉。審判的日子已經安排好了，這宗駭人的案子要當著威尼斯公爵的面審理，巴薩尼奧只能提心吊膽，等待審判到來。

波西亞向她丈夫道別時，講了些話提振他的精神，並請他一定要把那位摯友帶回來。不過，波西亞還是擔心這件事對安東尼奧極為不利，所以巴薩尼奧啟程後，她左思右想，是否有什麼法子能幫忙救出他的朋友。當然，她還是非常敬重她的巴薩尼奧，畢竟她曾說過要當個配合他的好妻子；但眼看丈夫的朋友有難，她勢必得出手相救。她毫不懷疑自己的能力，經過準確的判斷，便立刻決定動身到威尼斯，為安東尼奧辯護。

波西亞有個親戚是律師，名叫巴拉瑞奧，她寫信告訴他案件的始末，希望他能給予建議，並且寄一套律師袍給她。信使帶回了巴拉瑞奧的回信，上面寫著此事該如何進行，也附上所有她需要的行頭。

波西亞和她的侍女娜瑞莎換上男裝，波西亞再披上律師袍，讓娜瑞莎扮成文書人員帶在身旁，即刻出發。他們在審判當天趕到威尼斯，波西亞走進最高法庭時，此案正要開始審理，威尼斯公爵和元老院的元老也都在場。她把巴拉瑞奧的信交給公爵，信中，這位學識淵博的律師告訴公爵，他本該親自出面為安東尼奧辯護，但身體微恙無法前來，便請求公爵允許，讓這位學富五車的年輕博士代他出庭，他替波西亞取了個假名叫巴爾薩沙。公爵同意了，卻看著這位年輕博士的陌生面孔，若有所思；當時波西亞披著律師袍，戴著頂大假髮，偽裝毫無破綻。

這場重要的審判於焉展開。波西亞環顧身旁，看到了那位冷酷無情的猶太人，接著目光移到了巴薩尼奧身上。巴薩尼奧全然不知這位律師是波西亞扮的，他站在安東尼奧身邊，替他朋友感到擔心害怕，悲痛不堪。

波西亞攬下這個重責大任，雖然任務困難，卻也讓這名柔弱的女子鼓足勇氣，大膽放手進行她肩負的任務。首先，她對夏洛克說，根據威尼斯的法律，他確實有權依照借據的內容，割下安東尼奧的一磅肉。接著，她又親切地說，寬容是十足高貴的美德，說得全世界的人都心軟了，唯獨夏洛克鐵石心腸，絲毫感覺也沒有。她還說，寬容就像天降甘霖於大地，施者積德，受者得樂，可以說是上帝加倍的祝福；再者，連君王頂上的王冠都只是身分的象徵，唯有寬容會讓君主更顯慈悲，成為上帝在人間的代言人，塵世間沒有什麼比得過上帝的力量，唯有在正義之外再多點寬容，才能勉強與之相稱。她囑咐夏洛克不要忘了，每當我們祈求寬容，其實也就是在教導我們寬容他人。但是，夏洛克只回答她，借據怎麼簽就怎麼做。

「他還不出錢嗎？」波西亞問。巴薩尼奧說，借款本是三千金幣，不過猶太人要他多還幾倍都可以。夏洛克拒絕接受，堅持割下安東尼奧一磅的肉，否則絕不善罷干休。巴薩尼奧央求這位學問淵博的年輕律師，可不可以稍微放寬法律，救安東尼奧一命？但是波西亞嚴正回答，法律一旦制定就不容刪改。夏洛克一聽此話，覺得波西亞應該是站在他這邊，便說：「但以理❸再世來審判啊！您真是明智又年輕，我真是敬佩您！您看起來年少，思維卻如此成熟啊！」

波西亞要求夏洛克讓她看看借據，讀完後說：「此借據成立，夏洛克依法可以要求一磅肉，由他親自從靠近安東尼奧心臟的地方割下。」接著，她對夏洛克說：「心存寬容，錢拿走，讓我把這借據撕了吧。」

但是這位猶太人一點寬容也不打算給，他說：「我以我的靈魂發誓，任誰來說情都無法改變我的心意。」

「那麼，安東尼奧，」波西亞說：「你得準備好讓胸部挨刀了。」

3 但以理（Daniel）為希伯來人，曾為巴比倫王解夢，受到重用。

波西亞假扮成律師，夏洛克已經
迫不及待要履行契約。

夏洛克已經磨刀霍霍，急著割下那一磅肉。此時，波西亞對安東尼奧說：「你有什麼話要說嗎？」

安東尼奧平靜地答覆，他沒什麼要說的，他早有心理準備自己難逃一死了。然後，他轉頭向巴薩尼奧說：「巴薩尼奧，握著我的手！來生再見了！就算我是為了你遭逢不幸，也不要悲傷，替我問候尊夫人，告訴她我是如何愛護你！」

巴薩尼奧悲痛萬分地說：「安東尼奧，即使我娶了妻子，她和我的生命同等重要，但就連我的生命、我的妻子、甚至整個世界，都不及你的命重要。我寧可失去一切，犧牲所有，就算什麼都給這個惡人，也要換你回來。」

波西亞眼見丈夫對摯友安東尼奧的感情如此真切，表達如此濃烈，這番話並沒有讓她生氣，不過她還是回了一句：「要是你的妻子在場，聽到這席話，大概不會有什麼好臉色吧。」

葛萊西安諾平常就喜歡效仿巴薩尼奧，心想自己也該像巴薩尼奧那樣說點什麼，於是他說：「我有個妻子，我非常愛她，但要是她能到天上乞求上帝，讓這瘋狗似的猶太人不要如此無情，那麼我希望她歸天去。」

他沒有想到，娜瑞莎偽裝成文書人員，在波西亞身旁記錄，也聽到了這些話。「幸虧你是在她背後許這種願，否則你家就要雞犬不寧了。」娜瑞莎說。

夏洛克不耐煩地叫嚷：「我們根本是在浪費時間，請馬上宣判結果。」法院裡瀰漫著不安之情，所有人都為了安東尼奧悲傷不已。

波西亞問是否準備好磅秤來秤肉了，接著對猶太人說：「夏洛克，行刑時務必要有外科醫生在場，以免他失血過多而死。」

夏洛克最終目的就是要讓安東尼奧血流不止，一命嗚呼，便說：「借據裡沒有載明這個條件。」

波西亞回答：「借據裡沒有又怎麼樣呢？多做善事有好無壞。」

對於這些要求，夏洛克一律回答：「我找不到這條，借據裡沒有。」

「好吧，」波西亞說：「法律允許，法院判准，安東尼奧的肉歸你所有，你可以從他的胸口割下一磅肉。」

夏洛克再次大喊：「律師英明！公正無私！簡直是但以理再世啊！」說

完，他回頭去磨那把長刀，飢渴地看著安東尼奧說：「準備受死吧！」

「先等等，夏洛克，」波西亞說：「我還沒說完。借據上可沒說他的血也要給你，這裡一字一句清楚寫著『一磅的肉』，只要你割肉時流下一滴血，你的土地財產依法就要充公，歸威尼斯政府所有。」

要夏洛克割肉時不流一滴安東尼奧的血，根本不可能。波西亞聰明伶俐，發現借據裡寫的是肉不是血，救了安東尼奧一命。見到年輕律師替安東尼奧解套，在場所有人都佩服他的機智，元老院頓時掌聲四起，葛萊西安諾歡呼道：「律師英明！公正無私！看哪，猶太人，是但以理再世來審判啊！」

夏洛克發現自己的邪惡計畫失敗，失望地說他願意收下還款。安東尼奧免於一死，這意料之外的發展讓巴薩尼奧興奮不已，大叫：「錢拿去吧！」

但是波西亞出言制止，她說：「慢著，不用著急。這猶太人除了行刑之外別無選擇，所以，夏洛克，準備動手割肉吧。要注意，千萬不能流下一滴血，肉也要剛剛好一磅，多一點不行，少一點也不行；只要磅秤刻度差之分毫，就算只差了一根頭髮的重量，按威尼斯的法律，就是死罪難逃。不只如此，你所有的財產還得歸元老院所有。」

「快還我錢，讓我離開吧。」夏洛克說。

「早就準備好了，」巴薩尼奧說：「錢在這裡。」

夏洛克正要伸手拿錢，卻再次被波西亞擋了下來，她說：「等等，你還有小辮子在我手裡。根據威尼斯的法律，你暗地策劃要置其市民於死地，你的財產應一律充公，你能不能活命，也掌握在公爵手裡。趕快跪下，求公爵饒恕吧。」

公爵對夏洛克說：「不需要你開口求饒，我就免你一死。你看，我們基督徒悲天憫人的精神，和你這種人比起來是天差地別。你的財產一半歸安東尼奧，另一半充公。」

寬宏大量的安東尼奧說，他願意放棄這份意外之財，條件是夏洛克必須簽下契約，在遺囑寫明把這份財產留給他女兒和女婿。安東尼奧知道夏洛克有個獨生女，最近違背父命，和一個年輕基督徒結婚，那人名叫羅倫佐，是安東尼奧的朋友。這件事讓夏洛克勃然大怒，一氣之下便不讓他女兒繼承遺產。

夏洛克答應了安東尼奧的要求。由於他復仇不成，大失所望，財產又遭到剝奪，於是說：「我身體不適，讓我回家吧。把契約寄來給我，我會簽字把一半財產留給我女兒。」

「那麼你就離開吧，」公爵說：「記得要簽字。要是你對所作所為有意悔改，政府會把充公的那一半財產還給你。」

這時公爵釋放安東尼奧，宣布退庭，大大讚揚了巴爾薩沙這位年輕的律師，說他足智多謀，邀請他共進晚餐。然而，波西亞要趕在他丈夫之前回到貝爾蒙特，所以回答：「不敢當，感謝您的抬愛，但我不得不馬上離開。」公爵說他無法留下共進晚餐真是遺憾，轉頭對安東尼奧說：「好好報答這位先生，我真心認為你欠他太多了。」

公爵和各位元老陸續離開法庭，巴薩尼奧對波西亞說：「這位傑出可敬的先生啊，因為您的機智，我和朋友安東尼奧才有辦法無罪開釋，免於酷刑，希望您收下這本來要還給猶太人的三千金幣。」

安東尼奧說：「您的恩情、您的幫忙，我們一輩子也還不完、還不清。」

波西亞怎麼也不肯收下這筆錢，可是巴薩尼奧希望她多少收下一點。在他堅持之下，她說：「那我收下你的手套吧，為了你的盛情，我會戴上的。」

巴薩尼奧脫下手套，這時，波西亞看到他手上戴著她送的戒指。這位淘氣的小姐便改變心意，想跟他要這只戒指，好讓她下次見到巴薩尼奧時，可以開玩笑捉弄他一下；其實她原本的目的就是戒指，手套不過是個藉口。看到戒指時，她說：「既然你如此好意，我再收下這只戒指吧。」

律師要了巴薩尼奧唯一無法割捨的物品，他相當苦惱，不知如何是好，便回答這戒指是妻子送的定情之物，他發過誓，這戒指永不離身，無法另送他人，但他願意貼出公告，找出全威尼斯最貴重的戒指相贈。波西亞聽了，假裝面子掛不住，丟下一句話就離開法庭：「先生，您真是為我上了一課，原來乞丐就是得這樣對待。」

「親愛的巴薩尼奧，」安東尼奧說：「把戒指給他吧，就算會惹你妻子不高興，也要想想我對你的愛護，還有他對我的恩情哪。」

巴薩尼奧對於自己表現得如此不知感恩，覺得非常羞愧，便脫下戒指，請葛萊西安諾追上去，把戒指送給波西亞。娜瑞莎也曾給葛萊西安諾一枚戒指，現在，假扮成「文書人員」的她也要求那只戒指當作謝禮，葛萊西安諾為了不讓自己顯得小氣，被巴薩尼奧比過去，於是把戒指給了她。這兩位姑娘心下盤算，回家後要如何厲聲責備丈夫竟把戒指拿下，當成禮物送給其他女人，想著想著便笑了起來。

波西亞回到家，心情舒爽。只要一做好事，她就會覺得欣喜愉悅，心情一愉悅，萬物看來皆是美。她覺得月亮從未像現在如此皎潔，明月躲到雲朵身後時，她在貝爾蒙特家中看到一束月光，滿足了她無邊無際的想像，她對娜瑞莎說：「我們看到的那道月光，照亮我家大廳；蠟燭雖小，綻放的光芒卻能達千里之遠，照亮險惡人間裡的仁心善事。」聽到家裡傳出的樂音，她說：「我覺得那音樂聽起來比白天還要甜美悅耳。」

波西亞和娜瑞莎已經進屋，換上了自己的衣服，等待丈夫歸來。不久，他們回來了，隨行的還有安東尼奧，巴薩尼奧便向波西亞夫人介紹他的好朋友。夫人正在歡迎安東尼奧，恭喜他逃過一劫，就發現娜瑞莎和她的丈夫在房間一角吵了起來。

「現在就吵起來了？」波西亞問：「怎麼回事？」

葛萊西安諾答道：「夫人，是為了娜瑞莎給我的一枚鍍金小戒指，上面就像刀匠的刀那樣刻有詩句：『愛我一世，不離不棄。』」

「你知道這詩的意涵嗎？你知道這戒指的價值嗎？」娜瑞莎問。「我送你戒指時，你曾發誓，你到死都會好好保存它，現在卻說你送給律師的文書人員。我知道你一定是送給女人了。」

「我發誓，」葛萊西安諾答道：「我是送給一位年輕人，是個男的，身材矮小，不比你高，他是一位年輕律師的文書，那位年輕律師憑著機智答辯，才救了安東尼奧。這個男的一直說要把戒指當作報酬，我怎麼也不可能拒絕他呀。」

波西亞說：「你真該罵，葛萊西安諾，竟然把妻子送你的第一份禮物給送人了。我把戒指送給我的夫婿巴薩尼奧，我相信世界上沒有任何事可以讓他脫下戒指。」

葛萊西安諾為了替自己的過錯找藉口，便說：「就是因為巴薩尼奧把戒指送給了那位律師，那個一直寫字的小伙子才會要了我的戒指。」

波西亞一聽，看似十分生氣，責罵巴薩尼奧把她的戒指送人。她說她相信娜瑞莎所言，一定是不知哪個女人戴著這戒指。

巴薩尼奧惹惱了親愛的夫人，覺得悶悶不樂，便誠懇地說：「我以人格擔保，我絕對沒有把戒指送給任何女人，而是給了一位法學博士。他婉謝三千金幣，卻想要這枚戒指，我一開始拒絕了他，結果他不悅地走了。親愛的波西亞，我還能怎麼辦呢？當時我覺得自己好像很不知感恩，為此羞愧不已，不得已只好派人把戒指送給他。善良的夫人，請妳原諒我吧，要是妳在場，我想妳也會求我把戒指送給這位可敬的博士。」

「噢，」安東尼奧說：「都是因為我，你們才鬧得如此不快。」

波西亞請安東尼奧不要內疚自責，無論如何他都是貴客。安東尼奧說：「我曾以自己的身體為巴薩尼奧擔保，要不是妳丈夫送戒指的那位律師，我早已不在人世了。我願意再次立約，以我的靈魂擔保，保證妳的夫婿不會再違背誓言。」

「那麼，你來當他的保證人，」波西亞說：「把這枚戒指給他，讓他更加用心保管。」

巴薩尼奧看著這枚戒指，發現這枚戒指和他送出去的那只一模一樣，十分納悶。

波西亞這才告訴他來龍去脈，其實她就是那位年輕律師，娜瑞莎就是那位文書。巴薩尼奧這才知道，正是因為他妻子勇氣過人、機智聰明，才救了安東尼奧一命，他真是又驚又喜，說不出話來。

波西亞再次歡迎安東尼奧，把她因緣際會得到的幾封信交給他，信裡說原本以為失蹤的那些船，現在全都安然回港了。這位富商的故事有個悲慘的開頭，隨之而來的卻是令人意想不到的好運氣，一切彷彿過眼雲煙。不只如此，這兩只戒指有趣的冒險故事，以及兩位認不出妻子的丈夫，成了他們閒暇時的笑料。

葛萊西安諾押著韻，快樂地發誓：

——人生在世，天不怕地不怕

丟了娜瑞莎的戒指，最怕。

你知道嗎？關於《威尼斯商人》的豆知識

- 不少人誤以為劇名的「威尼斯商人」是指放高利貸的猶太人夏洛克，但其實是指安東尼奧才對。這個常見的誤會也顯示，夏洛克這個角色確實舉足輕重，鋒芒畢露，壓過了其他人物。

- 在莎士比亞寫作《威尼斯商人》的時期，猶太人已經數百年都禁止踏足英格蘭，然而民眾仍保留著「猶太人喜歡放貸」的刻板印象。以現代的眼光來看，故事中的部分對白也可以解讀成反猶太主義；至今，《威尼斯商人》對於猶太種族的立場仍是學界經常討論的主題。

- 故事中可以看出，安東尼奧對巴薩尼奧的感情十分深厚，甚至願意為他而死，因此也有研究者將兩人的關係解讀成同性之愛。

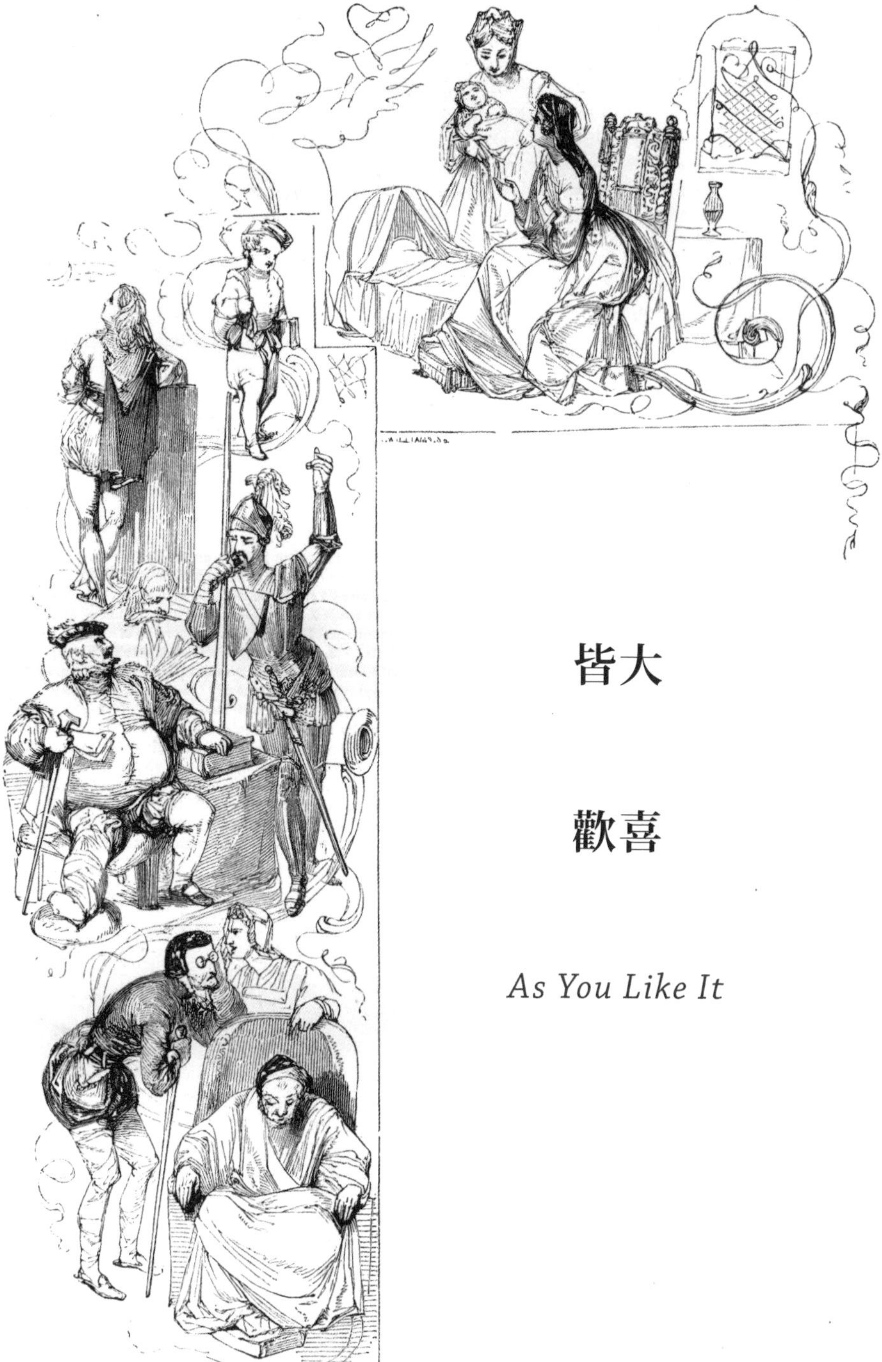

皆大歡喜

As You Like It

從前，法國畫分成了幾個省（省過去又稱為公國），其中一省由篡位者所統治。篡位者弗雷德列克公爵本來只是公爵的弟弟，他不僅廢黜了原先名正言順統治公國的兄長，還將他放逐。

前任公爵從王位退了下來，被迫離開自己的領地，和幾個忠心追隨他的人來到了阿爾丁森林。這位善良的公爵和忠實的朋友同住，這些朋友都自願為了他而流放異地，原有的土地和稅收都進了心懷叵測的篡位者手裡。不久，他們習慣了這無憂無慮的生活，雖然在宮廷當官的生活豪奢浮華，日子卻過得心神不寧，相比之下，森林裡的生活愜意多了。他們在森林的生活就像英國古代的羅賓漢，每天都有貴族子弟從宮廷來訪，歡樂地消磨時光，像生活在黃金時代那樣。

到了夏天，他們會躺在大樹蔭下，看著土生土長的野鹿嬉戲，他們十分喜歡這些身上有斑點、惹人憐愛又帶股傻勁的動物，假如不得不犧牲這些鹿來果腹，都令他們悲痛欲絕。冬天寒風冷冽，這位公爵不由得想到自己命運巨變，但他始終自制自持，說：「這些撲面而來的凜冽寒風是我的良師，他們不會阿諛奉承，而是真實反映出我的現況；就算寒風刺骨，也不如那些尖酸刻薄、忘恩負義之人令我痛徹心扉。無論大家如何厭惡逆境，總能從中萃取出甜美的果實；就如同蟾蜍，雖身藏劇毒，受人鄙視，頭上的寶石卻能製成良藥。」這位沉著的公爵觸目所及，都能從中獲得受用的道德啟示。因為心性如此，生活又遠離塵囂，他不僅能在樹中聽到耳語，從小溪裡看見文字，也能從石頭中得到啟發，萬事萬物皆有其道理。

這位流亡的公爵有個獨生女，名叫蘿賽琳德。弗雷德列克公爵篡位，放逐蘿賽琳德的父親之後，仍將她留在宮中，陪伴自己的女兒希莉亞。兩位女孩的友誼堅定無比，就算她們的父親心懷嫌隙，也絲毫不影響她們之間的感情。希莉亞竭盡所能善待蘿賽琳德，彌補她父親的不義之舉；每當蘿賽琳德想起父親被放逐，自己卻還依附在不公不義的篡位者身邊，為此憂鬱發愁時，希莉亞都會全心全意地關心安慰。

有天，一如往常，希莉亞貼心地對蘿賽琳德說：「親愛的堂姊蘿賽琳德，求求你快樂些吧。」這時，公爵傳來消息，若是她們想看摔角比賽，趕快到宮殿前的比賽場地，現在正要開始。希莉亞心想，這能讓蘿賽琳德開心一點，便答應前去觀賽。

在當時，摔角比賽是最受歡迎的消遣娛樂，就連宮廷裡的王子都會參賽，甚至會在美麗的公主和小姐面前較勁，於是希莉亞和蘿賽琳德就這麼去看摔角比賽了。她們發現，這場比賽似乎註定以悲劇收場，因為其中一方身強體壯、孔武有力，在摔角這門技藝上已經鑽研許久，也在許多類似的比賽中置對手於死地；他這次的敵手是個年輕小伙子，年紀太輕又毫無經驗，圍觀的人都認為他必死無疑。

公爵看到希莉亞和蘿賽琳德時，說：「啊，女兒和姪女，你們也來觀賽呀？你們不會喜歡這場比賽的，這兩人實力懸殊，勝負已定，我真同情這位年輕人，希望能勸他退賽。兩位小姐去勸勸他吧，看能不能說動他。」

對於這項仁慈的請求，兩位小姐當然樂意之至。希莉亞懇求這位年輕陌生人不要參賽，隨後蘿賽琳德也溫婉地加以勸說，對於這位年輕人即將面臨的危險十分憂心。

年輕人聽到這些關心之語，不但沒有棄賽，反而只想在這位姑娘面前勇敢應戰，贏得她的關注。他優雅且謙虛地婉拒希莉亞和蘿賽琳德的請求，這反而讓她們更是擔憂；最後，他說道：「拒絕如此美麗優雅的小姐，真是過意不去，但還是讓妳們美麗的雙眸和溫厚的希望伴我參賽吧。要是輸了，不過是個無名小卒丟了顏面；要是丟了性命，反正我本來就死意已決。我不會辜負我的朋友，因為沒有人會為我哀痛；這世界不痛不癢，因為我本來就一無所有。我活著白白占據了一方之地，死了空出位置來，或許會有更好的人來填補。」

摔角賽開始了，希莉亞希望這位年輕陌生人能夠安然無恙，不過蘿賽琳德卻是最為他擔心的人。他說他無朋無友，而且一心求死，讓蘿賽琳德覺得同病相憐；蘿賽琳德非常同情他，他摔角時遭遇的危險也令她萬分牽掛，幾乎可以說是當下就愛上他了。

這兩位美麗高貴的小姐對陌生年輕人所展現的仁慈，給了他勇氣與力量，讓這場比賽出現奇蹟。最後他大勝對手，讓對方傷痕累累，有好一陣子說不出話，也無法動彈。

奧蘭多在比賽中擊敗敵手，
令公爵大為驚豔。

弗雷德列克公爵極為欣賞這位陌生年輕人的勇氣與摔角技巧，希望能知道他的姓名與出身，有意庇護他。年輕人說他叫做奧蘭多，是羅蘭・德・伯伊爵士的小兒子。

奧蘭多的父親羅蘭・德・伯伊爵士過世多年，他在世時，對於遭到流放的公爵來說，是忠臣也是摯友。因此，弗雷德列克公爵得知奧蘭多的父親是誰之後，對這位勇敢年輕人的好感全變了調，心情盪到谷底，便離開現場。他還是很欣賞這位年輕人一身無畏，可是他痛恨聽到兄長友人的名字，所以在離開前說，他多麼希望奧蘭多是別家的兒子。

蘿賽琳德聽說，她認識不久的心上人剛好是她父親老友的兒子，非常欣喜，她告訴希莉亞：「我父親和羅蘭・德・伯伊爵士十分要好，如果剛才知道這位年輕人是他兒子，我會哭著勸他不要冒險。」

兩位小姐上前找他，見到他為了公爵突如其來的不悅而感到不知所措，便說了些和善鼓勵的話。離開前，蘿賽琳德轉身和她父親老友的兒子又寒暄一番，拿下頸子上的項鍊，說：「先生，為了我，請戴上這條項鍊。若不是命運多舛，我會送你更貴重的禮物。」

兩位小姐獨處時，蘿賽琳德的話題全圍繞在奧蘭多身上，希莉亞慢慢察覺她堂姊愛上了這位年輕的摔角選手，對蘿賽琳德說：「愛情來得如此突然，這有可能嗎？」

蘿賽琳德回答：「我父親非常喜愛他的父親。」

「但是，」希莉亞說：「難道這就代表你也要愛他兒子？這樣說起來，我應該恨他才對，因為我父親痛恨他父親，可是，我對奧蘭多一點憎恨也沒有呀。」

弗雷德列克看到羅蘭・德・伯伊爵士之子，十分惱怒，讓他想起那位流放的公爵有很多貴族朋友。不僅如此，大家都誇讚他姪女蘿賽琳德的美德，也因為她賢明的父親而同情她的遭遇，所以弗雷德列克對她早有不滿，一時之間，弗雷德列克的滿腔怒火全衝著蘿賽琳德而來。當時，希莉亞和蘿賽琳德正在談論奧蘭多，弗雷德列克一進門便怒髮衝冠，命令蘿賽琳德即刻離開宮廷，像她父親一樣流放。

希莉亞為蘿賽琳德求情，卻仍無法挽回局面，弗雷德列克告訴希莉亞，一切都是為了她，他才百般容忍蘿賽琳德。希莉亞說：「我當初沒有求您讓她留下來，是因為我還太小，不懂她的好，但現在我了解到她對我有多重要。再說，我們從小共枕而眠、同時起床、一起學習、互為玩伴、同桌吃飯，我沒有她不能獨活。」

弗雷德列克說：「妳根本摸不透這個人，她處事圓滑、嫻靜無語、充滿耐心，這些人民都看在眼裡，十分同情她，妳竟然還替她求情，真是笨透了。要是沒有她，妳會顯得更機靈乖巧、賢淑善良，所以妳不要再替她說話了，我的命令一出，就不能再收回。」

希莉亞發現她說服不了父親讓蘿賽琳德留下來，便毅然決然陪她一起走。當晚，兩人就離開宮殿，一起到阿爾丁森林尋找蘿賽琳德的父親，也就是那位遭到流放的公爵。

出發之前，希莉亞覺得兩個年輕小姐出門在外，身穿華服不太安全，建議應該隱藏身分，偽裝成鄉村少女；蘿賽琳德認為，其中一個人偽裝成男人會更安全。兩人很快就達成共識，因為蘿賽琳德較高，所以應該穿少年的衣服，希莉亞打扮成少女，兩人的身分則為兄妹。除此之外，蘿賽琳德改名為加納米德，希莉亞則選了艾蓮娜作為新名字。

兩位美麗的公爵千金喬裝完畢，帶了錢和珠寶當作盤纏，踏上了旅程。前往阿爾丁森林的路途遙遠，甚至比公爵領地的疆界還要遠。

蘿賽琳德小姐（現在該稱她為加納米德）換上男裝後，似乎也多了些男子氣概。希莉亞陪著蘿賽琳德跋山涉水，對她毫無二心，為了回報希莉亞的真情，這位喬裝的新哥哥也振奮精神，好似她真的就是加納米德，是溫柔少女艾蓮娜質樸、勇敢的哥哥。

他們終於到達阿爾丁森林，卻遍尋不著一路上那些方便舒適的旅店。加納米德為了鼓勵妹妹，替她打氣，一直做出非常快樂正面的樣子，此刻因為糧食短少、缺乏休息，不得不承認他早已疲累不堪，不禁像女子一樣淚如雨下，自覺配不上這身男人的裝扮。艾蓮娜說她再也走不動了，這時加納米德又試圖振作，扛起男人的責任，安慰比較柔弱的女人。為了在妹妹面前表現勇敢，他說：「來吧，行行好，我的妹妹艾蓮娜，我們已經來到旅途的終點阿爾丁森林了。」

然而，強裝出來的男子氣概和勇氣再也無法支持他們，因為就算他們來到阿爾丁森林，也不知道要去哪裡尋找公爵。兩位小姐心力交瘁，還可能因迷路而挨餓至死，讓旅途畫下悲傷的句點。

幸好，當她們癱坐草地、了無希望，快要疲累餓死之際，有位村民恰好經過。加納米德鼓起男人般的勇氣說：「這位牧羊人，在這荒蕪之地，若是愛或黃金能讓我們免於飢餓，我懇求你，帶我們到可以休息的地方。這位少女是我的妹妹，由於長途跋涉，已經精疲力盡，沒東西可吃，快暈倒了。」

男子回答，他只不過是牧羊人的僕人，況且他主人正打算賣掉房子，所以只有一些粗茶淡飯可以招待，不過要是他們願意跟他走，他隨時開門歡迎。兩人跟著這個村民回去，光是心裡想著快吃到東西了，就足以讓他們恢復體力。後來，他們買下牧羊人的房舍和羊群，留下這位帶他們到牧羊人住處的僕人，照顧他們的生活起居。就這樣，他們幸運找到一間乾淨的村舍，生活所需一應俱全，決定在找到公爵的住處之前，要暫住在此處。

由於旅途疲累，經過一番休息，他們開始喜歡上新生活，甚至覺得自己真的是一對牧羊兄妹。不過，加納米德有時還是會想起他曾是蘿賽琳德小姐，並深愛著勇敢的奧蘭多，因為他是父親舊識羅蘭老爵士的兒子。雖然加納米德以為奧蘭多離他千里之遠，兩人的距離可比他們走過的路，然而過了不久，奧蘭多也出現在阿爾丁森林。就這樣，奇妙的事情即將發生。

奧蘭多是羅蘭・德・伯伊爵士的小兒子，爵士過世前，把年紀尚小的奧蘭多託給大兒子奧利弗照顧，囑咐他要讓弟弟受良好教育，供他所需，讓他光耀門楣。事實證明，奧利弗不是一個稱職的兄長，辜負了他父親臨終前的遺願；他從未讓弟弟受教育，反倒把他留在家裡，無人教導，備受冷落。不過，奧蘭多本質良好、心性高貴，和他優秀的父親如出一轍，就算沒有受教育，看起來還是像位備受呵護的青年。這位沒受過教育的弟弟不僅為人真誠，舉止也高貴，所以奧利弗分外眼紅，妒火中燒之下，甚至想毀了他。為了摧毀奧蘭多，他唆使別人去說服奧蘭多，讓他跟先前提過的那位出名摔角選手比賽。正因為這位心性兇殘的哥哥對奧蘭多視若無睹，才會讓他如此無依無靠，心生死意。

沒想到結局出乎意料之外，奧蘭多贏得比賽，奧利弗的惡意未能得逞。此後，他的忌恨與陰險已無人能擋，他立下毒誓，要趁奧蘭多熟睡時縱火。正巧，老僕人聽到了他的誓言，這位老僕人對他們的父親忠心耿耿，由於奧蘭多和父親極為相似，所以非常疼愛他。奧蘭多從公爵的宮殿回來後，這位老人出門迎接，一看到他，想到他親愛的少主即將面臨險境，忍不住焦急地大喊：「喔，我善良的主人，我親愛的主人，你讓我想起羅蘭老爵士！你為何如此純真善良？你為何如此溫文儒雅、堅忍不拔，又如此英勇果敢？為何你偏要打敗那位有名的摔角選手呢？你人還沒回來，大家就對你讚不絕口了。」

奧蘭多一頭霧水，弄不明白這話是什麼意思，問他發生什麼事了。老人告訴他，那邪惡的兄長多麼忌妒大家對他的愛戴，如今他在公爵的宮殿贏得勝利，聲名遠播，所以意圖趁晚上燒掉他的房間，斬草除根。這位善良的老人亞當建議他即刻逃走，他也知道奧蘭多身無分文，早已帶著他微薄的積蓄，說：

「我這裡有五百克朗，是我為你父親工作時，一點一滴存下來的，本來是要等我這把老骨頭做不了工時拿來用。你拿去吧，上帝連烏鴉都願意眷顧了，等我老了，我相信上帝也會照顧我的！錢在這裡，全都給你，讓我當你的僕人吧，就算我看起來老了，我還是能夠服侍你，照顧你的生活起居，不會輸給年輕人。」

奧蘭多說：「噢，善良的老人，以前的人工作真誠，看起來多麼美好，現在這個時代已經沒有你這種人了。我們一起走吧，在花到你的錢之前，我會找到維生之計的。」

這位忠僕和他親愛的主人一起上路。奧蘭多和亞當持續前進，卻不確定該往那裡走，抵達阿爾丁森林後，他們發現糧食越來越少，陷入和加納米德與艾蓮娜一樣的困境。

他們漫無目的地尋找人煙，走到後來飢餓難耐、疲憊困頓，亞當終於說：「啊，我親愛的主人，我會挨餓而死，我再也走不下去了！」隨後，他找了一個地方躺下，想把此處當成自己的墓地，跟主人道別。奧蘭多見到老僕人這麼虛弱，用雙手將他抱起，把他帶到有樹蔭的地方，讓他舒適一點，告訴他：「老亞當，振作一點，在這裡稍作休息，不要再說你會死了！」

接著奧蘭多去尋找食物，恰好碰到公爵。當時，公爵和友人正要享用晚餐，這位高貴的公爵坐在草地上，頭頂除了一片樹蔭之外，沒有任何遮蔽。

奧蘭多飢餓難耐，早已窮途末路，他拔出劍，打算搶奪這些人的食物，說：「不要動，不准再吃了，把食物交出來！」

公爵問他，他是因為絕望才如此莽撞行事嗎？還是他對禮節不屑一顧呢？奧蘭多回答他快要餓死了，公爵便告訴他，歡迎他坐下來一起享用。奧蘭多聽到他說話如此溫雅，收起手中的劍，對於剛才無理強取食物的行為感到羞愧臉紅。

「請你們原諒，」他說：「我以為這裡是尚未開化之地，才板起臉做這種事。無論你們是什麼人，即使你們已經在這荒涼之地、在這蓊鬱的樹蔭下，忘卻時間的流轉，但要是你們曾有過好日子，要是你們曾到鳴鐘的教堂做禮拜，要是你們曾參加好人家的宴會，要是你們曾抹去眼中的淚水，要是你們知道憐憫的施與受是什麼滋味，那麼請讓這些和善的話語感動你們，請幫幫我吧！」

公爵答道：「是的，如你所說，我們這群人確實有過好日子，雖然我們現在住在荒野森林，但我們也曾在城市鄉鎮生活，曾因為聖鐘響起到教堂做禮拜，曾去過好人家的宴席，曾因為上帝的憐憫而抹去臉上的淚水。所以，坐下吧，我們的食物想吃多少儘管拿。」

「還有一位老人，」奧蘭多回答：「他單純出於愛護我，雖然腳都一跛一跛了，還跟著我長途跋涉，現在又老又餓，深受其苦。在他吃飽喝足前，我什麼也不會吃。」

「去吧，快去找他，把他帶過來，」公爵說：「我們等你回來再用餐。」

於是奧蘭多去找他的老僕人，就像母鹿要去找小鹿餵食那樣。

不久，他抱著亞當回來，公爵說：「把這位可敬的老人家放下來吧，非常歡迎你們。」他們餵這位老人吃東西，在一旁鼓舞他，他也漸漸復原，重拾健康與體力。

公爵對奧蘭多與亞當伸出援手。

公爵問了奧蘭多的來歷，發現奧蘭多是老友羅蘭・德・伯伊爵士的兒子，就決定要當他的後盾，此後，奧蘭多和老僕人就跟公爵一同住在森林中。

如前所述，在加納米德和艾蓮娜進入森林，買下牧羊人的村舍以後，其實過沒幾天，奧蘭多也抵達了森林。

有件事情令加納米德和艾蓮娜非常驚訝，那就是很多樹上刻有蘿賽琳德這個名字，上頭還綁著示愛的十四行詩，全都是寫給蘿賽琳德。他們正覺得奇怪，就碰上奧蘭多，他脖子上戴著蘿賽琳德送給他的項鍊。

奧蘭多沒想到加納米德就是美麗的公爵千金蘿賽琳德，當時她身分高貴，卻願意同他說話，關心有加，這些舉動早已贏得他的心，所以才會成天花時間在樹上刻下她的名字，還寫十四行詩讚頌她的美貌。

奧蘭多很欣賞加納米德，覺得這位年輕牧羊人舉止得體、長相秀氣，和他聊起天來。他確實在加納米德身上看到一點蘿賽琳德的影子，可是加納米德的言行舉止，完全沒有那位高貴小姐來得莊重；這是因為喬裝成男生後，加納米德就多了一股男子氣概，何況加納米德和奧蘭多談到某個痴心漢時，態度十分淘氣幽默。

「這個人啊，」他說：「常來我們這座森林，把蘿賽琳德的名字刻在樹皮上，破壞幼樹。不只如此，他還在山楂樹上掛著頌歌，在荊棘上懸著輓歌，全都是在讚美蘿賽琳德。要是我能找到這位癡情男子，我一定會給他一些忠告，想必很快就能治好他的相思病。」

奧蘭多坦承他就是那位癡情男子，要求加納米德像方才說的那樣，給他一些忠告。加納米德提議的療法和建議就是，每天都要來他和妹妹艾蓮娜的住處。

「然後，」加納米德說：「我來扮蘿賽琳德，你就假想若我是蘿賽琳德，你會怎麼追求我。接著，我會模仿那些異想天開、不切實際的女孩，依照她們回應愛人的方式來回應你，直到你對自己的愛感到難為情為止，這就是我提議的療法。」

奧蘭多對這套療法沒什麼信心，不過他依然答應每天去找加納米德，胡鬧演出求愛劇碼。奧蘭多天天拜訪加納米德和艾蓮娜，稱呼這位牧羊人為他的蘿賽琳德，就像年輕男子追求女人時喜歡說的話那樣，日復一日講些甜言蜜語、恭維討好的話。可是在治療奧蘭多對蘿賽琳德的相思病這件事上，加納米德似乎沒什麼進展。

奧蘭多認為這不過是鬧著玩的，作夢也沒想到加納米德就是他的蘿賽琳德。不過，藉由這個機會讓他說出心底愛慕的話，不只滿足了奧蘭多自己的遐想，也正合加納米德的意；加納米德非常享受這個祕密的小玩笑，因為他知道這些甜蜜的情話本來就是要說給他聽的。

就這樣，這兩位年輕人度過許多快樂的日子。艾蓮娜生性善良，看見加納米德如此開心也就隨他去了，再說她也覺得這求愛劇碼很有趣。艾蓮娜並沒有想到要提醒加納米德一件事：他們先前已從奧蘭多口中，得知她父親在森林裡的住處，但蘿賽琳德小姐仍未向她父親表明身分。

一天，加納米德和公爵見面，和他交談，公爵詢問他的家世，加納米德回答，他的家世和公爵一樣好。聽到這話公爵笑了，因為他從來沒想過這位秀氣的牧羊男孩有王室血統。看見公爵如此歡快，加納米德想著，過幾天再進一步解釋也不遲。

有天早上，奧蘭多要去拜訪加納米德，看見一名男子躺在草地上睡著了，有隻青綠色的大蛇正要纏住他的脖子。一看見奧蘭多走近，這隻蛇便溜進灌木叢。奧蘭多再靠近一瞧，發現有隻母獅壓低身子，頭貼地面，眼神像貓似地緊盯，等待這男人醒來；據說，獅子不會獵捕已死去或睡著的動物。上帝彷彿派奧蘭多來拯救這名男子，讓他逃脫大蛇和獅子，可是奧蘭多一看到這個男人的臉，竟發現這個腹背受敵卻呼呼大睡的人，正是他的哥哥奧利弗。

先前，奧利弗無情地利用他，還威脅要放火燒死他，所以奧蘭多一度打算棄他於不顧，隨這隻飢餓的母獅處置。可是，他顧念兄弟之情，加上他生性仁慈，很快就克服自己對哥哥的怒氣，拔劍攻擊這隻母獅，把牠殺了，將哥哥從毒蛇和猛獅的威脅中救出來。可是，在奧蘭多擊敗母獅之前，手臂也被牠鋒利的爪子抓傷了。

奧蘭多和母獅奮戰時，奧利弗醒過來，看到奧蘭多雖然遭受他無情的對待，依然冒著生命危險，不讓他受到猛獸的危害，一時備感慚愧與悔恨，懊惱自己的卑劣行徑，聲淚俱下，請求弟弟原諒他所造成的傷害。奧蘭多見他如此悔不當初，非常欣慰，也樂意原諒他，兩人互相擁抱。奧利弗當初來到森林，其實是為了殺害弟弟，但從那時起，奧利弗便開始真心愛護弟弟，兩人手足情深。

奧蘭多手臂的傷血流如注，他自知身體太虛弱，沒辦法去拜訪加納米德，於是請哥哥告知加納米德他發生一些意外。奧蘭多說：「這個人，我戲謔地稱他為我的蘿賽琳德。」

奧利弗抵達加納米德和艾蓮娜的住處，告訴他們奧蘭多是如何救了他一命。他說完奧蘭多的英勇事蹟、自己又是如何幸運逃脫，便向他們坦白，自己是奧蘭多的兄長，承認自己以前無情地利用他，說明兩兄弟和好的經過。

奧利弗真心對他的罪過感到悲傷，這在善良的艾蓮娜心裡留下深刻的印象，讓她當下就愛上他了；奧利弗看到艾蓮娜聽他說自己因為犯下的過錯感到悲痛，便如此同情自己，也頓時陷入愛河。雖然愛情悄悄溜進艾蓮娜和奧利弗的心，奧利弗當下卻忙著照料加納米德，因為加納米德一聽到奧蘭多身陷困境，還被母獅所傷，便暈了過去，不省人事。他醒來後，說自己是想像蘿賽琳德這個角色會有的反應，才假裝暈倒的。他告訴奧利弗：「告訴你弟弟，說我剛才的演技有多好。」

可是，奧利弗見他神色蒼白，想必是真的暈過去了才對，心裡不禁納悶這個年輕人怎麼這麼虛弱。他說：「好吧，既然你要演戲，就演得像個男人吧。」

「我會的，」加納米德真誠地回答：「但我本該是女子。」

奧利弗作客許久，終於回到弟弟那裡，有很多消息要告訴他。除了加納米德一聽到他受傷就暈倒，奧利弗還說，儘管他和艾蓮娜是初次見面，但他已愛上了這位美麗的牧羊女，他的情話也十分討艾蓮娜的歡心。奧利弗告訴弟弟，他要娶艾蓮娜，講得好像一切已成定局。他說他好愛她，甚至願意定居下來當個牧羊人，把自己在家鄉的財產、房子全留給奧蘭多。

「我贊成，」奧蘭多說：「婚禮就訂在明天吧，我會邀請公爵和他的朋友，快去說服你的牧羊女。你看，她的哥哥來了，代表她現在獨自一人在家。」奧利弗前去找艾蓮娜，至於奧蘭多剛剛看到的加納米德，是來問候這位受傷的朋友。

就在奧利弗和艾蓮娜相互表白時，奧蘭多與加納米德也討論起這件事。奧蘭多說，他建議哥哥去說服美麗的牧羊女，明天就結婚；接著又說，他多麼希望可以在同一天，和他的蘿賽琳德共結連理。

加納米德對這個安排舉雙手贊成，還說要是奧蘭多所言不假，真心愛著蘿賽琳德，那他的願望一定會實現。明天，他會想辦法讓蘿賽琳德本人出現，蘿賽琳德也一定會願意嫁給奧蘭多。

這件事看來不可思議，其實非常容易就能實現，因為加納米德就是蘿賽琳德小姐本人。不過，他卻謊稱叔叔是知名魔法師，假裝要施展跟叔叔學來的魔法，藉此完成這件事。

癡情男奧蘭多對他所講的話半信半疑，問加納米德是不是神智不清。

「我以生命擔保，句句屬實，」加納米德說：「所以你要穿上最好的衣服，邀請公爵和朋友來參加婚禮。若你真想在明天和蘿賽琳德完婚，那麼她就會出現。」

奧利弗已經讓艾蓮娜點頭了，隔天早上，他們來到公爵面前，奧蘭多也跟著過來。

所有人都到場要祝福這兩對佳人，不過到現在只有一個新娘露面，眾人滿腹疑惑和揣測，大部分的人都覺得加納米德是在開奧蘭多的玩笑。

公爵聽說自己的女兒要以這種奇怪的方式出現，就問奧蘭多，他是否相信這個牧羊男孩真的可以實現諾言。奧蘭多說，他也不知道該不該相信，這時加納米德正好出現。他問公爵，如果他真的把他女兒帶來，他是否同意和奧蘭多的這樁婚事。

「我同意，」公爵回答：「要是我還有王國可以讓她陪嫁過去就好了。」

加納米德接著問奧蘭多：「你說過，只要我帶她來，你就願意娶她。」

「我願意，」奧蘭多回答：「要是我貴為國王，掌管多個王國就更配她了。」

在眾人面前，蘿賽琳德用加納米德的身分，試探奧蘭多的心意。

加納米德和艾蓮娜聽完便一起離開，加納米德脫下男裝，再次穿回女性的衣裳，用不著任何魔法，馬上變回蘿賽琳德。艾蓮娜褪下她的鄉村打扮，換回高貴的衣著，輕易就變回希莉亞。

他們離開以後，公爵告訴奧蘭多，他覺得這位牧羊人加納米德長得很像他女兒蘿賽琳德。奧蘭多說，他也發現兩人有些神似。

公爵和奧蘭多沒時間揣測事情到底會如何發展，就在這時，蘿賽琳德和希莉亞穿著自己原本的衣服前來。蘿賽琳德不再假裝自己是藉由魔法來到這裡，她跪在父親面前，懇求父親的祝福。

她突然現身，讓在場所有人都覺得非常神奇，像是真的有魔法相助那樣；但是，蘿賽琳德不願再欺瞞她的父親，把一切都告訴了他，包括她遭到放逐的事、打扮成牧羊男孩住在森林的事，還有堂妹希莉亞扮成她妹妹的事。

對於這樁早已允諾的婚事，公爵十分贊同，奧蘭多和蘿賽琳德、奧利弗和希莉亞這兩對新人便同時舉行婚禮。由於舉辦在森林裡，他們的婚禮不像一般那樣列隊遊行，也沒有那麼風光亮麗，但卻是最快樂的婚禮。他們在涼爽的樹蔭下，愉快享用鹿肉，這位善良的公爵和兩對真心相愛的戀人彷彿什麼都不缺，幸福極了。此時，有位信使突然來到，告訴公爵一則好消息：他恢復了國王的身分。

篡位者對女兒希莉亞逃跑的事大動肝火，不僅如此，就算前任公爵身處逆境，依然受到敬重，每天都有許多大人物前往阿爾丁森林，自願受到流放，追隨那位名正言順的公爵，這件事讓篡位者眼紅忌妒，氣沖沖地跑到森林去，想要抓住他的兄長，把他和他的追隨者全殺了。然而，在巧妙的機緣下，這個壞心的弟弟也改過向善。弗雷德列克來到森林外圍時，碰到一位虔誠的年老隱士，兩人懇談許久，弗雷德列克便完全改邪歸正。之後，他真心悔過，下定決心要放棄他奪來的統治大位，決定餘生都在修道院裡度過。如前所述，他悔悟後所做的第一件事，就是派信使去告訴兄長，他願意歸還霸占已久的公國，也願意將土地和稅收還給在逆境中仍願意忠心追隨哥哥的朋友。

這快樂的消息來得正是時候，讓這兩位公主的婚禮喜上加喜。蘿賽琳德的父親時來運轉，希莉亞向她堂姊道賀，雖然希莉亞不再是公國繼承人，仍真心祝福蘿賽琳德幸福快樂。既然希莉亞的父親讓一切回歸正軌，蘿賽琳德恢復了王位繼承人身分，但兩位堂姊妹之間的愛依然純淨無瑕，沒有摻雜任何妒忌。

那些寧願遭到流放也不離不棄的真朋友，公爵現在有機會回報了；這些可敬的追隨者耐心陪他度過困境，如今也很樂意跟著名正言順的公爵回到宮廷，過著平靜、富裕的生活。

你知道嗎？
關於《皆大歡喜》的豆知識

- 《皆大歡喜》寫於伊莉莎白女王的執政晚期，當時，女性的婚姻大多是由他人安排，無法自由選擇結婚對象，為愛結婚更是奢望。由此觀之，《皆大歡喜》可說是表達了對於自由戀愛、自由結婚的想望。

- 蘿賽琳德的化名「加納米德」（Ganymede），這個名字源於一位古希臘時期的特洛伊王子。在希臘神話中，加納米德是一位美少年，宙斯愛其美貌，將他劫到天上，成為宙斯的情人；這個典故為《皆大歡喜》增添了幾分同性情誼的色彩。

- 在原劇中，奧蘭多寫詩表達自己對蘿賽琳德的愛，貼滿了森林。詩的數量如此之多，代表他對蘿賽琳德一往情深；然而，奧蘭多寫的詩十分拙劣，暗示他急需蘿賽琳德來教他何謂真正的愛情。

第十二夜

又名：心之所欲

Twelfth Night;
or, What you Will

梅瑟琳家的少爺賽巴斯汀和小姐薇奧拉是孿生兄妹，打從一出生，就像一個模子印出來的。大家嘖嘖稱奇，要不是因為穿著不同，根本分辨不出誰是誰。

兩兄妹不僅同時出生，也同時遭逢生死劫難；他們一起出海旅行，於伊利瑞亞海岸發生船難，船隻因為強風暴雨撞上岩石，變得支離破碎，只有少數人逃過一劫。倖存的船長和水手搭著一艘小船靠岸，一起安全上岸的還有薇奧拉，這位可憐的小姐雖然獲救，卻開心不起來，反而傷心欲絕，因為哥哥不見蹤影。船長安慰薇奧拉，他確實有看見她哥哥；當時船隻翻覆，賽巴斯汀把自己綁在堅固的船桅上，直到最後一刻，船長都還看見賽巴斯汀隨著海浪載浮載沉。聽了船長的話，薇奧拉心中燃起希望，也舒坦多了。現在，想到自己身處陌生國度，離家遙遠，不知該如何安身，便問船長對伊利瑞亞熟不熟悉。

「哎呀，小姐，我對這裡瞭若指掌，」船長回答：「我出生的地方離這裡不到三小時的路程呢。」

薇奧拉問：「這裡由誰管轄呢？」

船長告訴她，伊利瑞亞由公爵奧西諾掌管，這位公爵品行高尚、地位尊貴。薇奧拉說她聽父親提過奧西諾，當時他還未婚。

「到現在還是單身漢呢，」船長說：「至少最近應該還是單身，因為一個月前我在這裡的時候，聽到街頭巷尾話家常，你知道的，大家對大人物的一舉一動總是喜歡說三道四。那時我聽說，奧西諾在追求美麗的奧莉薇亞，她是個才德兼備的女子，父親是位伯爵，一年前辭世了，把她交給她的兄長照料，未料兄長不久也隨著父親而去。據說，為了悼念她親愛的哥哥，她不見任何人，也不願有人相伴。」

薇奧拉因為和哥哥失散，對她的痛苦感同身受，聽到這位小姐為了兄長的死哀痛不已，便希望能與她同住。她問船長是否可以將她介紹給奧莉薇亞，她願意隨身服侍。可惜船長說，這事很難辦成，自從奧莉薇亞小姐的哥哥過世，她就謝絕會客，不讓任何人進家門，就連公爵本人也不得其門而入。

薇奧拉聽了，心中另有打算：她要女扮男裝，到奧西諾公爵身邊擔任隨從。要穿上男裝，扮成男人，對年輕女孩子來說，這想法確實不太尋常，但是薇奧拉年紀輕輕又美貌出眾，如今孤苦無依，獨自一人身在異鄉，這實在是不得已而為之。

薇奧拉看船長為人善良正直，真切關心她是否過得安穩，便把這個計畫告訴他，船長也準備好全力協助她。薇奧拉把所需的費用給船長，請他去添購合適的服裝，顏色和款式都要和她兄長賽巴斯汀穿過的一模一樣。她換上男裝後，樣子和兄長如出一轍，後來還因此被誤認，發生一些離奇的誤會，因為賽巴斯汀後來也獲救了，故事稍後詳述。

船長把薇奧拉從美麗的小姐變成英俊的紳士，由於他在宮裡有些人脈，便讓她化名為西賽里歐，把她送到奧西諾面前。公爵對這位英俊的年輕人甚感滿意，見到他不僅聰明靈巧，更是風度翩翩，因此決定讓他待在身邊當隨從，這正好是薇奧拉期望的職位。她善盡職責、忠貞不二，心甘情願服侍主人，不久便成了最得寵的侍從。

奧西諾對西賽里歐無話不說，把他向奧莉薇亞小姐求愛的點滴一五一十告訴他，說他花了很多時間追求奧莉薇亞，卻還是不得芳心，女方不僅拒絕他長久以來的殷勤，看不起他，甚至不願意看到他。奧西諾為了得到這位小姐的愛，被無情地糟蹋，讓高貴的他連喜歡的戶外活動、所有適合男人的運動都提不起勁了，終日無所事事，盡是聽些樂曲柔美、曲調嬌柔的靡靡之音，以及奔放的情歌。他也不再與那些足智多謀、學識淵博的領主往來，成天只知道和年輕的西賽里歐聊天閒扯。奧西諾身邊嚴肅的朝臣當然認為，對於曾經高貴風光的偉大公爵奧西諾而言，西賽里歐絕不適合陪伴左右。

對未婚少女來說，在年輕又英俊的公爵身邊當心腹，其實根本是飛蛾撲火，這道理薇奧拉很快就切身體認到了。公爵告訴她，他為了奧莉薇亞受盡煎熬，在薇奧拉愛上公爵後，也都親身體驗到了這些苦楚。令她費解的是，她的主人無可匹敵，任誰看了都會深深愛上，為何奧莉薇亞如此不屑一顧？她也試著暗示奧西諾，他竟然愛上一位不懂得欣賞他高尚品性的女人，真是可惜。她又說：「殿下，要是有個女人愛上你，就像你愛奧莉薇亞那樣，說不定真的有這麼一個人會如此愛你，但你卻無法以愛回報，難道你不會坦白告訴她，你沒辦法愛上她嗎？她聽了之後，能夠不接受嗎？」

公爵向西賽里歐傾吐所有心事。

不過奧西諾認為，沒有一個女人可以愛得像他那樣深，也就不同意她的論點了。他說，沒有女人的心大到可以裝載這麼多的愛，所以把他對奧莉薇亞的愛拿來比較是不公平的。

雖然薇奧拉對公爵的意見總是百依百順，她仍然不禁要想，這似乎不太合理，她自認她的心所能乘載的愛就跟公爵一樣多。她說：「噢，殿下，但我知道……」

「你知道什麼，西賽里歐？」奧西諾說。

「我清楚知道，」薇奧拉回答：「女人對男人的愛能有多深，也像我們男人一樣真心。我父親有個女兒，深愛一個男人，就像我要是身為女人，也會深愛您那般。」

「那這段戀情是怎麼發展的呢？」奧西諾問。

「殿下，什麼發展也沒有，」薇奧拉答道：「她從來不傾訴她的愛，只能深埋心底，就像花苞裡的蟲子，慢慢啃食她那綢緞般的雙頰。她因思慕而憔悴，面如槁木，憂鬱愁腸，懷著滿腔耐心坐成了石像，即使悲傷也只能微笑以對。」

公爵問，這位小姐是否因為相思欲絕，丟了性命？但是薇奧拉顧左右而言他，因為薇奧拉編造這個故事，只是為了傾訴她對奧西諾的暗戀，訴說自己靜靜承受的苦楚。

他們談話的同時，公爵派去見奧莉薇亞的人來了，他說：「秉殿下，我還是沒能見到小姐，不過她派侍女傳來回話，說七年之內，就算是一花一木也見不到她一面。她會像修女那樣，走路罩著頭紗，讓淚水流滿房間，以此悼念死去的兄長。」

公爵一聽便呼喊道：「噢，她的心地怎麼如此善良，對逝去的兄長如此愛憐，要是愛神的金箭射中她的心坎，她的愛會有多麼濃烈啊！」他對薇奧拉說：「你知道的，西賽里歐，我已經將內心所有的祕密告訴你，所以，好青年，代替我去拜訪奧莉薇亞，設法見到她，佇立在門前告訴她，你會站到雙腳生根，沒見到人就不走。」

薇奧拉問：「殿下，若真的見到面，該說什麼呢？」

「噢，若是見到的話，」奧西諾回答：「代我傾訴我有多麼愛她，對她細說我的愛是多麼堅定不移。由你來演繹我的悲傷再適合不過了，和那些相貌嚴肅的人相比，她會更願意聽你娓娓道來。」

薇奧拉這就動身前往。她接下這項求愛任務，實在是身不由己，畢竟她必須說服那位小姐嫁給自己夢寐以求的結婚對象。可是，既然答應主人了，她還是一片忠心執行任務。奧莉薇亞很快就聽說，有個年輕人站在她門前，堅持要見她。

「我告訴他，」僕人回報說：「您身體微恙，他卻說他早就知道了，所以才來慰問您；我告訴他您剛才睡了，他似乎也早有準備，說正因如此，他才要來和您說說話。小姐，接下來該怎麼回應呢？似乎怎麼拒絕都沒有用，無論您見或不見，他都非得見您一面。」

奧莉薇亞對這位態度強硬的信使十分好奇，想和他會一會。她將頭紗罩上，說要再聽聽奧西諾的信使想說什麼；這人一意孤行，想都不用想，一定是公爵派來的。

薇奧拉一進門，便極其所能裝出男生的樣子，模仿宮裡侍臣華麗的語言，一副就是大人物派來的隨從。她對罩著面紗的小姐說：「這位光芒四射、精巧細緻、美貌無雙的姑娘，請告訴我，您是這戶人家的小姐嗎？要是我的話傳錯了人，那可就失禮了，況且這席話字斟句酌，是費了我好大力氣才背下來的。」

「你從哪裡來的？」奧莉薇亞問。

「除了我背下來的話之外，我什麼也不能多說，」薇奧拉回答：「這問題並不在我的稿子裡。」

「你是喜劇演員嗎？」奧莉薇亞問。

「不是，」薇奧拉答道：「而且，我也不是我正在扮演的角色。」暗指她女扮男裝這件事。

她再度問道，奧莉薇亞是不是這家的小姐，奧莉薇亞說她正是。這時，比起傳遞主人的訊息，薇奧拉更好奇情敵的長相，便說：「美麗的小姐，讓我看看妳的臉吧。」

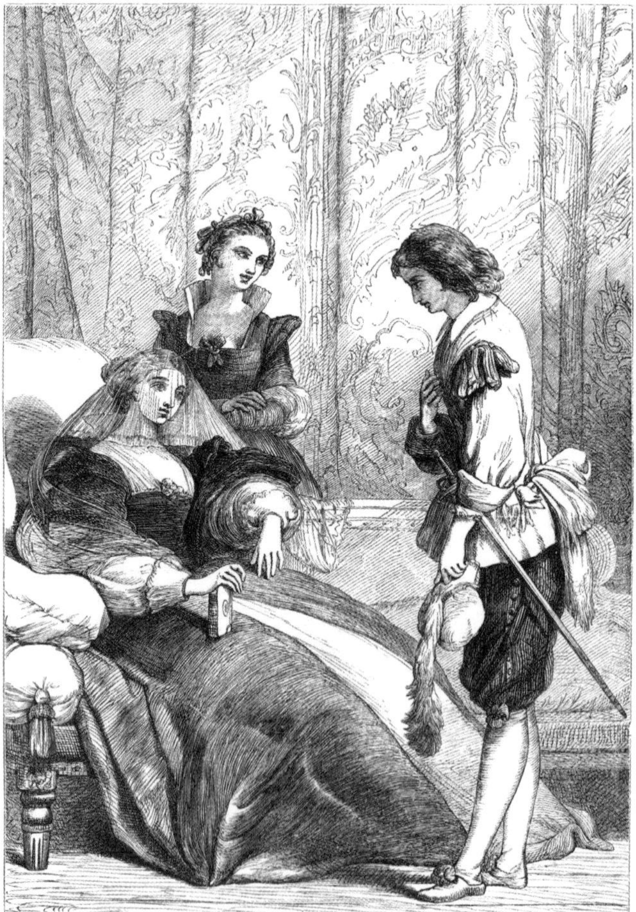

薇奧拉代替奧西諾公爵，向美麗的
奧莉薇亞示愛。

面對這大膽的要求，奧莉薇亞倒是沒有拒絕。這位奧西諾公爵苦戀無果的高傲美人，一眼便愛上了這個喬裝的隨從，也就是卑微的西賽里歐。

薇奧拉要求看她的臉時，奧莉薇亞說：「難道你的主人派你來傳話，還得先看過我的臉嗎？」

隨後，她忘了自己曾決意罩著頭紗七年，便把頭紗掀開，說：「我拉開簾子，讓你看看這幅畫。畫得好嗎？」

薇奧拉回答：「這顏色調得真美，臉頰白裡透紅，根本是出自大自然的巧手。要是您把這些恩賜全帶進墳墓，不留給這世界半點複製品，那小姐您真是太狠心了。」

「噢，先生，」奧莉薇亞回答：「我不會這麼狠心的，我會讓這世界記錄我的美麗，比如說：品項一，冷艷紅唇兩片；品項二，灰色眼眸一雙，外加眼瞼；還有脖子一個、下巴一個……等等。你是奉命專程來讚美我的嗎？」

薇奧拉回答：「我看出您是怎麼樣的人了，您一身傲氣，不過確實美得傾國傾城，我的主人才會愛上您。噢，但就算您豔冠群芳，也配不上主人的愛，因為奧西諾可是傾心愛慕著您，他鎮日流淚，低吟如雷鳴、嘆息如火燒啊。」

奧莉薇亞說：「你的主人清楚知道我的心意，我不能愛他。話雖如此，我從不懷疑他是個品德高尚的人，我知道他地位高貴、家財萬貫，是一個清新完美的青年。雖然大家都說他博學多聞、謙恭有禮、英勇無畏，我還是不能愛他，他應該也早就知道我的答覆了。」

「要是我像主人那樣愛著您的話，」薇奧拉說：「我會在您門前造一棟楊柳小屋，呼喚您的名字；我會以奧莉薇亞為題，寫下十四行詩，以此抒情，並在寂靜深夜裡吟唱。您的名字會在山坡上不絕於耳，那位喜歡在風中喋喋不休的回音女神，我也會讓她呼喚您的名字『奧莉薇亞』。噢，除非您憐憫我，否則就算是天涯海角，您也無法擺脫我。」

「有志者事竟成。」奧莉薇亞說，「你是什麼家庭出身？」

薇奧拉回答：「有頭有臉的人家，雖然現在不那麼風光，但也算不錯，是個仕紳。」

雖然不情願，但奧莉薇亞還是請薇奧拉離開，她說：「回去告訴你的主人，我不能愛他，請他不要再派人過來了。除非奧西諾又派你過來，告訴我他的回應。」

薇奧拉稱呼她為狠心的美人，向她道別，便離開了。

她走了以後，奧莉薇亞喃喃唸著剛才的話：「有頭有臉的人家，雖然現在不那麼風光，但也算不錯，是個仕紳。」接著大聲說：「我發誓，他一定是個仕紳，就憑他的口才、他的臉蛋、他的肢體動作、還有他的氣質，在在顯示他是個仕紳。」

她多麼希望西賽里歐就是公爵。這時她才意識到，原來他這麼快就挑起她的愛戀，她怪自己怎麼這麼快就陷入愛河。

但是罵歸罵，我們對自己的過錯總是輕輕帶過。現在，高貴的奧莉薇亞小姐早已忘了，她和這位喬裝的隨從可真是門不當戶不對，也忘了少女的嬌羞最能襯托出女人的個性，決定追求年輕的西賽里歐，於是派僕人帶著鑽戒去追他，假裝這是奧西諾請他帶來的禮物，遺留在她那裡了。她這麼做是為了藉機送西賽里歐一枚戒指，暗示自己的心意，這也讓薇奧拉起了疑心，因為她知道，奧西諾並沒有託她送戒指。她回想奧莉薇亞的眼神和肢體動作，其實都透露著愛慕，便猜測她主人的心上人愛上了自己。

「哎，」她嘆氣：「這可憐的小姐，她的愛是無法成真了。我這身裝扮可真是罪惡，奧莉薇亞的嘆息終將沒有結果，就像我對奧西諾的嘆息那樣。」

薇奧拉回到奧西諾的宮殿，告訴主人這次求愛以失敗告終，並再次強調奧莉薇亞的交代，請公爵不要再派人騷擾她了。但是公爵依然堅持，希望高雅的西賽里歐能夠及時勸她回心轉意，憐憫憐憫他，所以便請他明日再去拜訪一趟。

這時，為了消磨時間，等待明天的到來，公爵便叫人唱首他喜愛的歌曲，他說：「我的西賽里歐啊，我昨晚聽到這首歌，完全唱出我的熱情。你聽著，西賽里歐，這首歌年代久遠、純簡古樸，紡紗和編織的女子坐在暖陽下時，年輕女孩用骨針引線時，都會吟唱這首歌。聽起來傻裡傻氣，但我就是喜歡，這首歌訴說著古老時代純真的愛。」

死神，來吧，來吧，
悲傷的柏樹棺材裡，讓我長眠；
氣息，去吧，去吧，
美麗的狠心女子啊，將我殺害。
我純白的壽衣飾有紫杉，噢，去準備！
我的死亡沒有人能真正體會。
不要花，不要芬芳的花，
我的黑棺木上，不要灑花；
不要朋友，不要朋友來致意，
我可憐的屍首，我白骨所埋之地。
悲戚的摯愛尋不得之處，是我所葬之地，
省卻千百次的嘆息，省卻哭泣！

這首老歌的每句歌詞，薇奧拉都聽得一清二楚，內容簡潔明白地敘述單戀的痛苦，她的表情也反映了這首歌所流露的情感。奧西諾看到她神色憂傷，便對她說：「我敢發誓，西賽里歐，雖然你還年輕，不過你一定找到看對眼的人了。對嗎，小伙子？」

「算是吧，請殿下勿怪。」薇奧拉說。

「是怎麼樣的女人呢？多大年紀了？」奧西諾問。

「殿下，約是您的年紀，膚色和您差不多。」薇奧拉說。

一聽到這年輕俊美的男孩竟然愛上年紀相差甚遠、膚色和男人差不多的女人，公爵淺淺一笑。其實，薇奧拉暗指的人正是奧西諾，而不是長得跟他很像的女人。

薇奧拉再度拜訪奧莉薇亞，不費吹灰之力便見到人了。僕人也很快就發現，小姐和這位英俊的年輕信使談話時非常高興。這位公爵的隨從一到，大門便馬上打開，備受禮遇，很快就由僕人領進奧莉薇亞的房間。薇奧拉告訴奧莉薇亞，她再次來訪，同樣是為了替主人傳達情意，這位小姐卻說：「我不希望你再談到這個人，你要是替其他人求愛的話，我倒樂意聽聽，比天上的樂音還樂意聽。」

這話已經說得夠直白了，不過奧莉薇亞接著又解釋了一遍，直接了當坦承她的愛意。她看到薇奧拉臉上略顯不悅，又摻雜點困惑，便說：「你的雙唇所透露的輕蔑和惱氣，讓你的不可一世看起來更迷人了！西賽里歐，我向你發誓，以春天的玫瑰、以少女的貞操、以名譽和真理為誓，我愛你，就算你高傲自負，我對你的熱情也無法靠機智和理智來隱藏。」

雖然如此，這位小姐還是求愛不成。薇奧拉急忙離開，並威脅再也不來替奧西諾求愛了。對奧莉薇亞深情的追求，她唯一的回應就是鐵了心說：「我永遠也不會愛上女人。」

薇奧拉才剛離開，就有人上前向她提出挑戰，試試她是否驍勇善戰。這位下戰帖的人也曾追求奧莉薇亞，卻碰了一鼻子灰，如今發現這小姐喜歡公爵的信使，便下了戰帖要決鬥。

可憐的薇奧拉該如何是好呢？她雖然披著男裝，但內心是個貨真價實的女人啊，連自己的劍都不敢看一眼。

奧莉薇亞對薇奧拉展開猛烈的攻勢。

她見到這位難以應付的對手拔劍直逼而來，只好開始盤算是否要表明她是女兒身。這時有位陌生人經過，即時解圍，讓她不再恐懼，也免於身分暴露的尷尬。

這位陌生人一副是薇奧拉舊識的樣子，彷彿是她最要好的朋友，他走過來，對薇奧拉的敵手說：「若是這位年輕人冒犯了你，你就把錯怪在我身上吧；若是你得罪他，我會代他和你決鬥。」

可是，薇奧拉還來不及感謝他出手相救，也來不及問他為何好心搭救，這位新朋友便遇上其他敵人。這次，就算這個陌生人一身是膽，也派不上用場了，因為走過來的是公爵的侍衛，他們要以公爵之名逮捕這位陌生人，叫他為幾年前犯的過錯付出代價。

陌生人對薇奧拉說：「事情會變成這樣，都是為了要找你。」接著，他要求薇奧拉交還錢包，說：「因為情況所需，我得拿回錢包了。我現在的遭遇算不了什麼，只是幫不了你更讓我難過。你看起來一臉驚愕，但你不必替我擔憂。」

奧莉薇亞的另一位追求者要求跟薇奧拉決鬥。

他一字一句都讓薇奧拉備感驚訝，她連忙澄清說她不認識對方，也沒收過他的錢包。但是，為了感謝對方好心相助，薇奧拉願意給他一筆小錢，數目雖小，不過這幾乎是她全部的財產了。

這陌生人一聽，便厲聲責罵她知恩不報、過河拆橋，他說：「各位看看，這個年輕人是我及時從鬼門關拉回來的，我就是為了他才來到伊利瑞亞，害得自己身陷困境。」

但侍衛根本不想聽這位犯人的怨言，一面催促他趕快上路，一面說：「這關我們什麼事？」這位陌生人被帶走時，對著薇奧拉叫「賽巴斯汀」，指責這位他誤認的賽巴斯汀背棄朋友，罵到聽不見為止。雖然薇奧拉還來不及問原因，這位陌生人就被匆匆帶走，但是聽見自己被叫成賽巴斯汀，她覺得事有蹊蹺，說不定是對方將自己誤認成哥哥。現在她滿懷希望，這位陌生人所救的人可能就是她哥哥。

她的猜測確實沒錯，這位陌生人叫做安東尼奧，是位船長。當時風強雨驟，賽巴斯汀把自己綁在船桅上，載浮載沉，體力快要透支時，就是安東尼奧將他拉上船。安東尼奧自此便和賽巴斯汀成為朋友，不論到哪裡都要跟著他；所以，當這名年輕人出於好奇，想要拜訪奧西諾的宮殿，安東尼奧也決定陪同。其實，他曾在一場海戰中，將奧西諾公爵的姪子打得身受重傷，一旦他的行蹤被發現，必定會身陷危機；然而，為了不與賽巴斯汀分開，安東尼奧還是跟著來到伊利瑞亞。也正是因為這件案子，他現在才會淪為囚犯。

就在安東尼奧見到薇奧拉的幾個小時前，他剛和賽巴斯汀上岸，並把錢包給了賽巴斯汀，讓他可以隨意花錢買東西。後來，賽巴斯汀想去小鎮上走走，安東尼奧便說要在旅館裡等他回來。可是賽巴斯汀沒有按照約定的時間回到旅館，於是安東尼奧冒險出門找他；偏偏當時薇奧拉穿得和她哥哥一模一樣，臉蛋也是一個模子印出來的，安東尼奧誤以為她就是自己搭救的那位年輕人，當即拔刀相助。這也難怪，他以為賽巴斯汀不肯承認他們兩人的友誼，也不還他錢包，才會指責賽巴斯汀忘恩負義。

安東尼奧被押走後，薇奧拉擔心要再次面對決鬥，便迅速逃回家。她離開不久，賽巴斯汀也碰巧來到這裡，對手以為是薇奧拉又折回來了，這位挑戰者說：「好啊，先生，我們又碰頭啦？吃我這一記。」便朝他揮了一拳。賽巴斯汀可不是什麼膽小鬼，便加倍奉還給他，還拔出劍來。

此時，有位小姐出面阻止了這場決鬥。奧莉薇亞走出家門，誤以為賽巴斯汀就是西賽里歐，於是對他遭遇的野蠻攻擊表示遺憾，還邀請他到家裡坐坐。對於剛才不知從哪裡冒出來的魯莽敵手，賽巴斯汀真是一頭霧水，這位小姐的禮遇也令他完全摸不著頭緒，但他還是十分樂意拜訪她家。奧莉薇亞以為他就是西賽里歐，見到他不再把自己的關懷拒於千里之外，十分開心。他們的五官臉蛋雖然一模一樣，但賽巴斯汀和顏悅色多了，絲毫沒有她向西賽里歐表白時所看見的鄙視和怒氣。

面對這位小姐表現的滿滿愛意，賽巴斯汀完全不拒絕，似乎相當樂意接受，心裡卻納悶這到底是怎麼回事，猜想奧莉薇亞可能精神不太穩定。可是看她又是這豪宅的小姐，打理事情有條不紊，對家務也是細心周到，除了這突如其來的愛意之外，她看起來一切正常，也就接受了她的追求。奧莉薇亞見西賽里歐心情頗佳，深怕他臨時改變心意，剛好家裡又有神父，便提議兩人馬上結婚，賽巴斯汀也同意了。婚禮結束後，他出門片刻，要去告訴朋友安東尼奧這從天而降的好運。

這時，奧西諾前來拜訪奧莉薇亞，就在他到達奧莉薇亞家門前的時候，侍衛也剛好把犯人安東尼奧押到公爵面前。薇奧拉和主人奧西諾在一起，安東尼奧一看見薇奧拉，認定她就是賽巴斯汀，便告訴公爵，他是怎麼把這年輕人從險惡的海域裡救起來，一事不漏講完他對賽巴斯汀有多好，最後還抱怨這三個月以來，這個不知感恩的年輕人日日夜夜都和他待在一塊。

就在此時，奧莉薇亞小姐踏出家門，公爵便無心注意聽安東尼奧想說什麼，他說：「伯爵小姐來了，可真是仙女下凡哪！至於你這傢伙，真是滿嘴荒唐言，這三個月來，這年輕人都在我身邊服侍我。」並且命令侍衛把安東尼奧帶走。

可是，沒過多久，公爵也變得像忿忿不平的安東尼奧那樣，指責西賽里歐忘恩負義，因為他美若天仙的伯爵小姐滿口都在稱讚西賽里歐。奧西諾發現他的隨從在奧莉薇亞心中的地位竟如此之高，便揚言要進行恐怖報復。

離開時，他叫薇奧拉緊跟在後，說：「小子，跟我走，我現在滿腦子都在想要怎麼對付你。」雖然嫉妒之心似乎讓他火冒三丈，彷彿馬上要置薇奧拉於死地，但是薇奧拉的愛讓她鼓足勇氣，不再膽小，她說為了讓主人心裡舒暢，她甘願赴死。

奧莉薇亞可不會就這樣讓丈夫白白送死，她叫道：「我的西賽里歐要去哪裡？」

薇奧拉回答：「我要跟他一起走，我愛他更甚於愛惜我的命。」

奧莉薇亞為了阻止他們離開，大聲宣布西賽里歐是她的丈夫，還把神父叫來；神父作證，不到兩小時前，他才幫奧莉薇亞小姐和這位年輕人證婚。這時就算薇奧拉否認娶了奧莉薇亞也於事無補，這小姐和神父的證詞讓奧西諾相信，比生命更重要的寶貝已經被他的隨從給搶走了。想到事情已經無可挽回，他也只能向這位違背諾言的小姐和她丈夫道別，責備薇奧拉是「年輕的偽君子」，還警告她別再讓他看見。

就在此時，奇蹟發生了！至少在他們眼裡算是奇蹟：另一個西賽里歐突然現身，稱奧莉薇亞為他妻子。這位剛來的西賽里歐其實就是賽巴斯汀，也就是奧莉薇亞的正牌丈夫。眾人看見兩人長得一模一樣，連聲音和服裝也完全相同，全都愣住了；這時兄妹倆開始問起對方來，薇奧拉看見哥哥還活著，簡直不敢相信，而賽巴斯汀也無法理解，本來以為已經溺死的妹妹，竟然穿著年輕男子的服裝出現。薇奧拉隨即承認，其實自己就是他的妹妹薇奧拉，只是女扮男裝罷了。

這對孿生兄妹因為長相極度相似，引發一連串誤會，全都解釋清楚後，他們便開心揶揄奧莉薇亞小姐，陰錯陽差愛上了女人。奧莉薇亞發現她嫁的不是妹妹而是哥哥後，也沒有不悅之情。

既然奧莉薇亞結婚了，奧西諾的希望就此畫下了句點，他那沒有結果的愛情也隨著希望一起煙消雲散。現在，他滿腦子只想著，自己最疼愛的年輕人西賽里歐竟然成了美貌姑娘。他專注盯著薇奧拉，想起他從前就覺得西賽里歐非常英俊帥氣，當時還認為要是他穿起女裝，一定非常美麗。接著又想起薇奧拉常常說「她愛他」，當時他以為，這些不過是忠心的隨從出於恭敬所說的話罷了，現在他才明白這句話可能有言外之意。回想起來，薇奧拉從前說過許多中聽的話，本來聽起來像謎語，此刻全都豁然開朗。他一記起過去種種，便決心要娶薇奧拉為妻。

他對薇奧拉說，下意識還是叫她西賽里歐和小伙子：「小伙子，妳曾對我說過千百遍，妳永遠也不可能像愛我一樣，如此深愛一個女人。既然妳放下溫柔嬌弱的身段，對我如此忠心耿耿、貼心服侍，既然妳叫了我這麼久的主人，那麼妳應該成為主人的愛妻，成為奧西諾貨真價實的公爵夫人。」

奧莉薇亞發現，奧西諾已經把那顆她曾斷然拒絕的真心轉交給了薇奧拉，便在當天邀請他們一同到她家，還找來早上幫她和賽巴斯汀證婚的好神父，一起為奧西諾和薇奧拉舉辦了一模一樣的結婚儀式，因此這對孿生兄妹就在同一天結了婚。

那場曾經拆散他們兄妹的暴風雨和船難，最後也為他們帶來上天賜予的好運；薇奧拉成了伊利瑞亞公爵奧西諾的夫人，而賽巴斯汀也娶了富裕高貴的伯爵奧莉薇亞小姐。

你知道嗎？
關於《第十二夜》的豆知識

- 「第十二夜」意指聖誕節後第十二個夜晚，即一月六日主顯節。不過，這齣戲的故事內容跟主顯節並無直接關聯。

- 當時的英國官員塞謬爾 · 佩皮斯，在私人日記中如此評價《第十二夜》：「演得不錯，可是劇情挺傻的，而且跟劇名一點關係也沒有。」

- 在伊莉莎白時期，倫敦的舞台劇所有角色皆由男性演出，女性角色也是由男演員擔當。換言之，在《第十二夜》演出時，女扮男裝的薇奧拉是由一位男扮女裝的男演員飾演。

- 奧莉薇亞為了追求西賽里歐，曾打算送他一枚戒指。根據原劇的描寫，奧莉薇亞有一句台詞：「年輕人常常是用買的，而不是求來或借來的。」後來，她與賽巴斯汀相遇時，也送給他一顆珍珠。某種程度上，可以說她想用金錢「買下」西賽里歐的愛。

四大悲劇

丹麥王子

哈姆雷特

Hamlet,
Prince of Denmark

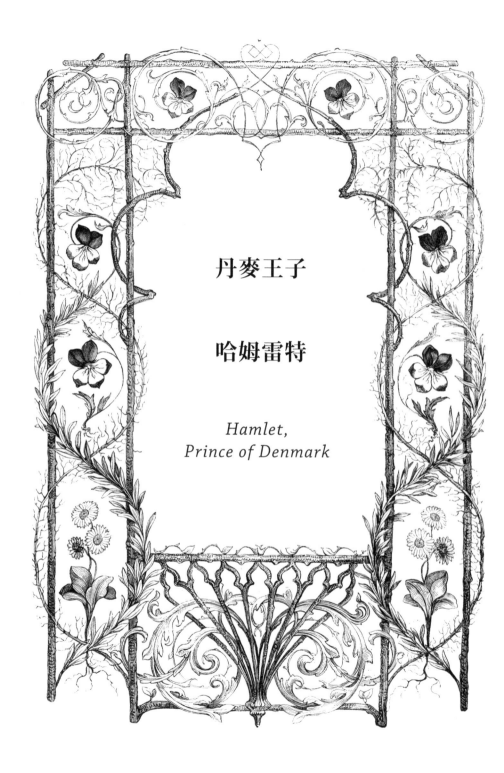

丹麥國王哈姆雷特猝死，王后葛楚妲突然成了寡婦。然而，不到兩個月後，她就和國王的弟弟克勞迪斯再婚，人們都覺得這樁婚姻實在不合禮數、顯得寡情，甚至有更難聽的臆測。無論是人品或才智，克勞迪斯各方面都比不上她已逝的丈夫，外貌猥瑣，性情卑劣，許多人心中都有揮之不去的懷疑，認為是他害死自己的兄長，也就是前任國王，只為娶走他的妻子，並且搶在法定王位繼承人哈姆雷特王子之前，自己登基成為丹麥國王。

可是最受王后這種輕率決定打擊的，要數這位與先王同名的年輕王子哈姆雷特，他對過世父親的敬愛近乎崇拜，又很有榮譽心，也十分講究禮節，母親葛楚妲這番可恥的行為令他心痛。由於父親之死帶來的哀痛，以及母親再婚帶來的羞愧，王子的內心蒙上一層憂鬱的陰影，笑不出來，顯得無精采，原本喜歡讀書，如今也不再感興趣了。做為一個年輕人理應投入的日課和娛樂，對他已是沉重的負擔。他對世界生厭，覺得這世界不過是一個無人打理的花園，完好的花朵紛紛夭折，只有雜草能夠生存。

法定王位繼承權將遭到剝奪這件事，對他來說倒不算太嚴重，只不過對一位年輕又自視甚高的王子而言，終究有傷尊嚴。更令他痛苦難抑的是，母親竟然這麼輕易拋下對父親的回憶，那可是父親啊！是她深情又溫柔的丈夫啊！她一直扮演深情又溫順的妻子，事事注意他的感受，彷彿愛意時時滋長；現在才過兩個月，在哈姆雷特眼中，可說是極為短暫的兩個月，她竟然就再婚了，和他的叔叔、她親愛丈夫的弟弟結婚。再婚對象關係太近，已經讓這段婚姻本身既不恰當也不合法理；何況是在這種時刻匆忙完婚，還選擇這麼不適合當國王的人，做她統治國家與同床共枕的伴侶，令整件事加倍糟糕。比起失去十個王國，這件事更傷王子的心，讓這正直的年輕人滿心憂愁。

他母親葛楚妲和新任國王想盡辦法轉移他的注意力，全都宣告失敗。他還是穿著全黑的喪服出現在宮中，哀悼父親的死亡，就連祝賀他母親再婚的場合也不例外；他們也沒辦法說服他參加任何慶典或慶祝活動，對他而言這是可恥的一天。

最令他煩心的是不明白父親真正的死因。根據克勞迪斯的說法，父親是被蛇咬到而死，可是，年輕的哈姆雷特總懷疑克勞迪斯自己就是那條蛇，也就是說，是克勞迪斯為了奪取王位而謀殺國王。現在，這條咬死他父親的毒蛇就坐在王座上。

他的推測究竟有幾分正確？如果是真的，他又該怎麼看待自己的母親？母親對這起謀殺涉入的程度有多少，是否同意甚至知情？……這些疑慮不斷糾纏煩擾著他。

一個謠言傳到哈姆雷特耳裡：據說午夜時，負責站哨的士兵看見一個像是他死去父王的幽靈，出現在宮殿前方的廣場上，已經連續兩三晚了。那個身影每次都穿著同一套盔甲，從頭到腳全副武裝，盔甲正是死去國王穿著的樣式。目擊者當中也包括哈姆雷特的摯友何瑞修，他們看見幽靈的時間和看見的景象全都一致：每當十二點的鐘聲敲響，幽靈就會現身，臉色蒼白，表情與其說憤怒更趨近悲傷，鬍鬚蓬亂，是夾雜銀絲的貂棕色，正是國王生前的樣貌。他們向幽靈說話時，它不會回應，有一次他們感覺它抬起頭，做出準備開口說話的姿勢，可是就在此時公雞報晨，幽靈立刻退縮，瞬間消失在他們眼前。

年輕的王子對他們的說詞十分驚奇，這些人所說的細節太過一致，很難不相信，他認為這些人看見的正是他父親的鬼魂。於是，他決定當晚和士兵一起值哨，覺得自己或許也有機會看見。他告訴自己，這種異象出現必有原因，鬼魂必定有什麼訊息要傳達，雖然它目前為止都保持沉默，但要是見到他，一定會對他說話。他迫不及待地等待夜晚降臨。

夜裡，他和好友何瑞修與衛兵馬賽琉斯一起在廣場上站哨，守在這個幽靈經常徘徊的地方。這一夜很寒冷，空氣特別潮濕刺骨，哈姆雷特、何瑞修和衛兵正在閒談晚上有多冷，何瑞修就突然大聲說他看見了鬼魂。

看見他父親的鬼魂，哈姆雷特突然一陣驚恐。一開始他還呼喊天使和神祇保佑，因為他不知道眼前的鬼魂是正是邪，是為良善抑或惡毒的目的而來。不過他漸漸鼓起勇氣，幽靈看起來真的就是他父親，正用悲哀的神情看著他，彷彿想要對他說話，外表和還在世的時候全無二致，哈姆雷特忍不住對父親開口，呼喚他的名字：哈姆雷特、國王、父親！哈姆雷特要先王說明，為何在眾人見證他下葬之後，又離開墳墓，在月光下再次現身人世？哈姆雷特懇求先王告訴他們，該怎麼做才能讓他的靈魂安息。

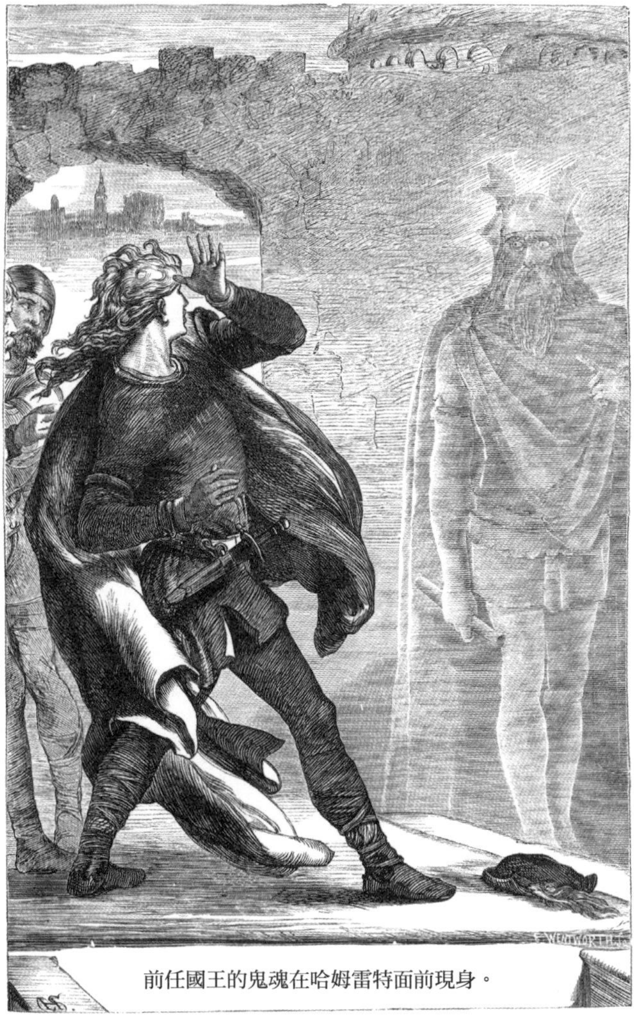

前任國王的鬼魂在哈姆雷特面前現身。

鬼魂向哈姆雷特示意，要王子跟他到更遠的地方，單獨交談。何瑞修和馬賽琉斯都勸他不要跟去，因為他們擔心這鬼魂其實是惡鬼，會引誘他走向附近的海邊，或是踏上可怕的斷崖，再展現可怕的樣貌，讓王子驚恐失足。可是他們的勸告與懇求都無法動搖哈姆雷特的決心，他不在乎生命，因此也不害怕失去生命；至於他的靈魂，既然能和鬼魂一樣永存不滅，鬼魂又能拿他怎麼辦？他感覺自己像獅子一樣強壯，掙脫兩人想盡辦法拉住他的手，聽任鬼魂帶領他走遠。

他們兩個終於獨處時，鬼魂打破沉默，說自己正是老哈姆雷特的鬼魂，也就是他父親。他說自己遭到殘忍的謀殺，並開始描述行兇經過：正如王子所懷疑，下手的是父親的弟弟、哈姆雷特的叔叔克勞迪斯，只為了接手他的妻子與王冠。

那天，先王一如平時的習慣，在花園裡午睡，他那懷著叛心的弟弟悄悄接近，把劇毒的莨菪汁液倒進他的耳朵，這種毒液對人體極其有害，像水銀一樣快速順著血管流遍他全身，讓血液沸騰、皮膚脆硬龜裂。他就這麼在睡夢中遭到弟弟的毒手，瞬間失去王冠、王后和自己的性命。他懇求哈姆雷特，如果真的愛他這個父親，就替他遭受到的不公報仇。鬼魂又對兒子哀嘆，說他母親也該受到懲罰，以證明她先和丈夫結婚、隨後又嫁給殺死丈夫的兇手，是個天大的錯誤。不過他提醒哈姆雷特，不管他打算如何對付自己邪惡的叔叔，都千萬不要對自己的母親暴力相向，就把對她的審判權留給上天，留給她良心裡不安的尖刺。哈姆雷特對於鬼魂的指示一一答應，鬼魂隨即消失。

現在哈姆雷特只剩下自己一個人，他鄭重下定決心，要立即遺忘一切回憶、一切他從書本和觀察中學得的知識，讓腦子裡只留下剛剛鬼魂告訴他的一切真相，和鬼魂囑咐他去做的事。這段和鬼魂談話的細節，哈姆雷特只透露給好友何瑞修知道，並叮嚀好友和馬賽琉斯對於他們當晚所見要絕對保密。

看見鬼魂的恐怖感還殘存在哈姆雷特的感官裡，讓他虛弱又低迷，幾乎精神崩潰，很難用理性思考。他擔心這種狀態一直持續下去，會引起他人注意，讓叔叔提高警覺，開始懷疑哈姆雷特要策劃謀反，或者發現他已經得知先王之死的祕密真相。於是他出了奇招，乾脆裝作自己已經徹底發瘋，打算讓叔叔認定他沒辦法做什麼正經事，這樣一來就不容易受到懷疑，他真正深受苦惱的心靈也能完美掩藏在裝瘋賣傻的表面之下。

從這時候開始，哈姆雷特故意在外表、言語、行為各方面都表現得粗魯怪異，裝得實在太像真正的瘋人，讓國王和王后都不疑有他。不僅如此，由於兩人並不知道鬼魂出現的事，他們甚至沒想到是父親之死讓哈姆雷特悲慟瘋狂，還自以為已經找到疾病的源頭，認定他會發瘋是因愛所致。

哈姆雷特在陷入憂傷之前，曾經愛上一個美麗的少女奧菲莉亞，她是國王首席國是顧問波羅涅烏斯的女兒。他送奧菲莉亞情書和戒指，不斷向她表白，用合乎禮節的方式持續向她表達愛意，她也開始相信哈姆雷特信誓旦旦的愛語。可是，後來哈姆雷特陷入憂鬱狀態，讓他完全忽略奧菲莉亞的存在。在他開始實行裝瘋賣傻的計畫之後，就刻意對奧菲莉亞粗魯無禮，可是這位好女孩不但不責怪他糟糕的態度，還告訴自己，全都是因為他的心理疾病，才讓他不像以前那麼關心她，他並不是有意冷淡。奧菲莉亞把哈姆雷特原本高潔的心靈和體貼的細心，想像成聲音甜美的鐘鈴，雖然原來可以演奏出最精緻的樂音，但是一旦受到憂鬱的折磨，就像變了音調或被粗魯的演奏者亂晃一樣，只能發出刺耳惱人的聲響。

雖然哈姆雷特眼下有艱鉅的任務，要向殺死父親的兇手報仇，和追求女孩這種帶有玩心的狀態不太搭調，他也實在沒有閒情逸致談情說愛，但是每當想到奧菲莉亞，他的內心還是會柔軟下來。有一次，就在這樣的時刻，他覺得自己對這位溫柔的姑娘實在太過苛刻，就寫了一封充滿熱情的信給她，用盡浮誇的詞彙，呼應他瘋狂的偽裝，但是也混入一些真情實感，向這位高貴的女孩表達在自己心底對她仍保有的深情。他說，奧菲莉亞可以懷疑星星其實在燃燒、懷疑太陽會移動、懷疑真相是個騙子，但絕對不要懷疑哈姆雷特的愛，還有其他此類華麗的詞藻。

奧菲莉亞老實地把信交給父親過目，他老人家認為一定要和國王與王后討論這件事，國王與王后也是從這時候開始覺得，哈姆雷特的瘋狂都是為愛所致。王后希望奧菲莉亞的美麗能成為王子快樂的源泉，更希望在她優良品性的影響下，哈姆雷特能恢復正常，如此對他們兩人都好。

然而，哈姆雷特的病灶埋得比王后設想的還深，無法就這麼痊癒。他見到的父親鬼魂，仍然在想像中縈繞不散，在完成替父親復仇的神聖使命之前，他都無法放鬆，每一小時的拖延對他而言都是一種罪，是對父親之命的違背。可是現任國王身邊時時圍繞著護衛，要殺死他並非易事。就算抓到空檔，哈姆雷特的母后也時時和國王在一起，成為他達成目的的阻礙，難以克服。此外，篡位者如今是他母親的丈夫，這種狀態更加深他的懊惱，削弱了他的決心。光是要置一個同類於死地這件事，對於哈姆雷特這樣柔軟的心靈而言，就已經是可怕難為之事。長期的憂鬱與挫折感令他更拿不定主意，心生動搖，無法發狠動手。還有，他內心也忍不住浮現疑慮，猜疑著他看見的鬼魂真的是父親嗎？或者會不會是魔鬼？因為據他聽說，魔鬼有能力變成自己想要的形象，很可能會變成他父親的樣子，只為了趁虛而入，慫恿他做出謀殺這種危險的行為。於是他決定，必須查明事實，不能只聽從一個可能是幻覺的鬼影就倉促行動。

他還在猶豫不決的時候，宮廷裡來了戲班。哈姆雷特以前一直很喜歡看戲，尤其偏好聽其中一個演員表演一段悲劇獨白，描繪特洛伊國王老普里亞摩之死，以及王后赫庫芭的悲慟。哈姆雷特歡迎演員老友再訪，又想起那段戲碼曾帶給他的樂趣，便要求演員再重現一遍。演員活靈活現地演了出來：虛弱的老國王遭到殘酷殺害，人民和城市受祝融摧殘，老王后悲慟發瘋，在宮殿里赤著腳來回奔跑，原本戴著冠冕的頭上只有一條破布，身上也沒有皇袍，只有匆忙中圍在腰間蔽體的一條毯子。演出之生動，不但令所有觀眾都熱淚盈眶，以為自己見證真實的場景，連演員自己都嗓子嘶啞，流下真摯的淚水。

哈姆雷特不禁思索，如果演員光是面對一齣虛構的劇碼，就能投入如此真摯的熱情，為一個他沒有真正見過的人、為好幾百年前就死去的赫庫芭落淚，那他自己是多麼麻木不仁——明明有能夠激起情感的真實契機，有一位真正的國王、自己親愛的父親慘遭殺害，卻激不起強烈的情緒，復仇之計也沉眠在麻木與遺忘的泥淖中！他想到，優秀的演員與表演、加上一齣呈現人生的好劇本，對觀者能造成多麼強大的效果，這時他突然憶起一個例子，有個殺人犯看見舞台上演出謀殺的劇碼，受到場景與情節的相似度震撼，就在演出當場坦承自己犯下的罪行。於是他決定，要在叔叔面前，讓這些演員演出和他父親的謀殺案相似的劇碼，這樣他就能近距離觀察戲劇對叔叔造成的影響，確認叔叔究竟是不是兇手。為了達成這種效果，他吩咐演員準備一齣戲，並邀請國王和王后一起來看戲。

這齣戲的故事是維也納一位公爵遭到謀殺，公爵名叫岡札果，妻子是貝蒂斯塔。劇情呈現公爵的一位近親盧夏努斯為了謀取爵位，在岡札果的花園中把他毒殺，而這個凶手在不久之後，又立刻贏得岡札果妻子的芳心。

這齣戲開演時，國王絲毫不知道這是為他而設的陷阱，在王后和所有朝臣的陪同下觀賞演出。哈姆雷特坐在一旁，仔細觀察他的表情。戲一開場，是岡札果和妻子的對話，妻子說了許多愛的誓言，承諾就算她活得比岡札果長，也永遠不會再婚，發下毒誓說如果自己再婚就會遭到詛咒，還補充說，只有殺死第一任丈夫的毒婦才會選擇再婚。哈姆雷特注意到國王叔叔聽到這番話臉色大變，和王后兩人滿面苦澀。隨著情節發展，當盧夏努斯上前毒害在花園中睡著的岡札果時，情景和這個篡位者毒害自己王兄的惡行實在太過雷同，導致新王受到良心的苛責，無法安坐看完剩下的戲，突然要人點燈送他回房，因為心神不寧、突然身體不適，倉促離開劇場。

既然國王都離開了，戲也就此停演。此時哈姆雷特已經觀察得夠了，可以確信鬼魂所言不假，不是他的妄想，內心糾纏的疑慮與不安乍然解除的輕鬆，讓他當場向何瑞修發誓，自己會慎重對待鬼魂所說的話。如今他已經確定叔父就是殺死父親的兇手，不過，他還沒想好該用什麼手段復仇，便突然受到母后召見，要他前往私室密談。

其實，是國王要王后召見哈姆雷特，他希望她讓兒子知道，剛才的行為讓他們很不高興。國王想知道他們談話的內容，又認為王后作為一個母親，在轉述時可能會略過不提哈姆雷特說的某些話，但這些話對國王可能至關重要，於是他命令宮中最資深的顧問波羅尼烏斯躲在王后更衣間的掛簾後面，避開兩人耳目，偷聽對話經過。這個任務很符合波羅尼烏斯的性格，因為他長年待在宮裡，早就習得狡詐的作風與手段，也樂於用間接又狡猾的方式取得想要的資訊。

哈姆雷特來到母親面前，她開始用相當圓滑的說法來數落他的行為，告訴他說這種作法對「他的父親」很不敬，這裡指的是現任國王，也就是他的叔叔，因為新王已經和王后結婚，自然成了哈姆雷特的父親。哈姆雷特內心苦澀憤怒，沒想到她會把「父親」這個對他而言充滿親暱與敬仰的稱呼，冠在一個殺死他真正父親的小人頭上，所以他尖銳地回答：「母親，您才對我父親無禮。」

王后說他的回答毫無邏輯，哈姆雷特再答：「這樣的回答才配得上您的問題。」

王后又說，他難道忘記自己是在跟誰說話了嗎？

「哎！」哈姆雷特說，「我也希望我可以忘記。您是王后，是您小叔子的妻子，也是我母親。我希望您沒有這些身分。」

「唉，既然這樣，」王后回答，「如果你這麼不尊敬我，我只好找能讓你聽話的人來。」說著，王后就準備讓人叫國王或波羅尼烏斯過來。可是哈姆雷特不打算就這麼放過她，想要趁著獨處的機會，試著用言語讓她從現在病態的生活中清醒過來。他抓住王后的手腕，扶住她，讓她坐下。王后被他直接的舉動嚇到，害怕他神智不清，會對她造成危險，便放聲大叫。

接著，掛簾後傳來一個聲音：「救命，救命，救王后！」哈姆雷特聽見，瞬間認為就是國王本人躲在那裡，當即抽出劍來，朝著發出聲音的地方刺下去，好像在刺一隻逃到那裡的老鼠，直到聲音停歇，讓他認為那個人應該已經死了。他拖出屍體，卻發現那不是國王，是躲在掛簾後面偷聽的老宮廷顧問波羅尼烏斯。

「喔，天哪！」王后說：「你怎麼做出這種衝動又殘忍的事！」

「是很殘忍，母親，」哈姆雷特回答，「但還不如您過分。您殺死一位國王，還和他的弟弟結婚。」哈姆雷特在激動之下沒辦法就此住口，他想對母親全盤托出，也就這麼做了。雖然子女總是對父母的錯誤輕輕放過，但是眼見母親涉入重大犯罪這樣嚴重的事，身為兒子的哈姆雷特也不得不向自己的母親嚴詞以對，不是為了責怪她，而是希望尖銳的言語能夠幫助她，讓她擺脫自己悖德的生活。

現在，這位正直的王子用真摯的言詞細數王后的重大過錯，說她竟然輕易忘記死去的國王，也就是他父親，而且這麼快就和他弟弟、有殺人嫌疑的人結婚；在她已經和第一位丈夫立下結婚誓詞後，做出這樣的行為，足以使天下所有女人的誓言都遭到懷疑，使所有美德都淪為偽善，讓婚姻之誓比賭徒的誓言更沒價值，宗教也成為笑柄，不過是詞藻的堆積。哈姆雷特說，她的行為連上天也會蒙羞，大地也因此作嘔。他給王后看兩幅畫像，一幅是她的第一任丈夫，也就是先王，另一幅是她的第二任丈夫兼現任國王，並要求她注意兩人的差異：他父親眉宇優雅，簡直像是神祇！捲髮有如太陽神阿波羅，前額像天神朱比特，擁有戰神馬斯的雙眼，儀態之優雅，有如信使之神墨丘利正輕輕降落在一座高聳入天的山峰上！哈姆雷特告訴她，這個人曾是她的丈夫，接著又叫她看取代這個位置的那個人：他的外表看起來枯槁發霉，因為就是他讓自己健美的哥哥凋零。

王后的內心酸楚羞愧，因為哈姆雷特讓她望進自己的靈魂，看見靈魂多麼黑暗扭曲。哈姆雷特質問，她怎麼能和這個人生活在一起，成為他的妻子，就是這個人殺死她第一任丈夫，像小偷一樣，用不正當的手段取得王冠啊——就在說這話的同時，他父親的鬼魂踏進房間，就像他上次見到的模樣，看起來和在世時無異。哈姆雷特極為驚惶，問鬼魂所為何來？鬼魂回答：他來提醒哈姆雷特實踐他答應過的復仇，因為他似乎已經淡忘。鬼魂要他繼續和母親說話，否則她的悲傷和驚恐可能會使她喪命，說完，鬼魂就消失了。

從頭到尾，只有哈姆雷特看見鬼魂，無論他怎麼指向鬼魂站立的地方，如何形容他的樣貌，都無法讓母親相信。王后非常害怕，因為在她眼中，他方才是對著空無一物的地方說話，她把這種現象歸因於他的心理疾病。可是哈姆雷特叫她少給自己邪惡的靈魂貼金，別以為父親的鬼魂再次現於人世是源於他的瘋狂，而非她自己的惡行。他要王后感受他的脈搏有多麼溫和，一點也不像瘋子；又流著淚懇求她向上天告解過去的行為，往後也不要再與國王為伍，不要再當他的妻子。如果她表現得像個母親，尊重他父親的回憶，他就會再次以兒子的身分祈願她一切安康。她承諾會照做，這場對話就此結束。

現在，哈姆雷特總算有足夠的餘裕，思考自己剛剛衝動之下不幸殺死的人是誰。他去查看屍體，發現那是波羅尼烏斯，他摯愛的奧菲莉亞小姐的父親。

他遠離屍體，感覺到精神稍微平靜下來，不禁為他所做的事流下淚水。

波羅尼烏斯不幸死亡的消息，讓國王有藉口把哈姆雷特送出國。他倒是很想處死他，省得擔心他做出危險的行為，可是他又忌憚愛戴哈姆雷特的人民，還有即使做出很多錯事，仍然溺愛自己兒子的王后。所以這位行事狡猾的國王，藉口說要保護哈姆雷特的人身安全，讓他免於承擔殺死波羅尼烏斯的罪行，派兩位朝臣護送他搭上一艘前往英格蘭的船，當時英格蘭是向丹麥納貢的屬地。朝臣身上帶著國王寫給英格蘭王室的信，上面編造了一些特殊原因，要求對方在哈姆雷特踏上英格蘭的土地時立即處死他。

哈姆雷特懷疑有鬼，趁著半夜偷看了信的內容，很有技巧地把自己的名字消除掉，把要被處死的人改成兩個負責護送他的朝臣，接著再把信封好，放回原本的地方。不久後，他們的船遭到海盜攻擊，引發一波海戰，哈姆雷特急於表現自己的英勇，提著劍獨自跳上海盜船，不料他自己乘坐的船卻落荒而逃，留他面對自己的命運。兩位朝臣一路來到英格蘭，最後卻因為哈姆雷特改過的信，還是獲得應有的報應。

抓住哈姆雷特的海盜反倒十分和氣，他們知道這個俘虜的身分之後，想讓這位王子欠他們一個人情，往後在宮裡發揮影響力有個照應，於是就在最近的一個丹麥港口放走哈姆雷特。哈姆雷特在那裡寫信給國王，告訴他自己因為奇異的遭遇又回到國內，隔天就會回去晉見國王。他回到家之後，等在眼前的卻是哀傷的景象。

那是他摯愛的女孩，年輕美麗的奧菲莉亞的葬禮。在她可憐的父親死後，這位小姐的心智就開始變化。父親死狀悽慘，況且下手的人正是她所愛的王子，令這位溫柔的少女深受衝擊，沒多久就徹底發狂，會在宮裡四處遊蕩，分發花朵給女侍，說那是她父親的葬禮要用的花，又唱起歌頌愛情或死亡、有時甚至一點意義也沒有的歌，彷彿她已經忘記自己的遭遇。在一條小溪旁邊有棵傾斜的柳樹，樹葉輕拂水面。有一天，奧菲莉亞獨自來到這條小溪，沒有人跟著她，她手上拿著用雛菊和蕁麻、鮮花與野草做成的花冠，使勁爬上柳樹，想把花冠掛在柳樹的枝條上。此時一根樹枝斷裂，這位年輕美麗的少女帶著花環和她收集的材料，猛然摔進水中，起先衣服還能撐起她，她口中繼續唱著不成調的古老歌曲，彷彿感受不到自己的痛苦，又像原本就該如此生活在自然裡的動物；但衣服漸漸吸水變沉，把她和她優美的歌聲拖進水底的泥濘中，悲慘喪命。

這位少女的葬禮由她哥哥雷爾提斯舉辦，國王、王后和所有的朝臣都出席了，哈姆雷特正好在此時抵達。他不知道這是什麼活動，所以站在一邊，不想打斷儀式。他看見鮮花撒落在墳上，這是為未婚少女舉行葬禮時特有的儀式，由王后親手撒下，王后邊撒邊說道：「甜美的花獻給甜美的人！親愛的孩子，這些花朵本來應該要裝飾妳的婚床，而不該撒在妳的墳上。妳原本該成為我兒子哈姆雷特的新娘啊。」他又聽見她哥哥祈願紫羅蘭在她的墳上盛開，看見他在悲傷之下發狂跳進墓穴，叫僕人把山一樣高的土倒在他身上，讓他和妹妹一起陪葬。

奧菲莉亞精神崩潰，四處收集花朵。

哈姆雷特對這位少女的愛意再度湧現，他也忍受不了看見一位哥哥如此悲傷痛苦，因為他認為自己對奧菲莉亞的愛勝過四千位哥哥。於是他站出來，跳進雷爾提斯所在的墓穴，和他一樣狂亂，甚至比他更瘋。雷爾提斯發現是哈姆雷特，他正是導致父親和妹妹喪命的罪魁禍首，就像面對仇敵一樣掐住他的喉嚨，直到僕人把他們兩個拉開。在葬禮之後，哈姆雷特為他跳進墓穴的魯莽行為道歉，解釋自己並不是想找雷爾提斯麻煩，只是面對美麗的奧菲莉亞之死，他無法忍受有其他人比他更加悲傷。這一次，兩位高尚的年輕人似乎言歸於好。

但是，雷爾提斯仍然為了父親與奧菲莉亞之死悲傷憤怒，此時哈姆雷特邪惡的叔叔便想藉機害死哈姆雷特。他設計讓雷爾提斯以和解為由，邀請哈姆雷特和他來一場友好的擊劍比賽，哈姆雷特接受了這場對決的邀約，對決的日期也訂下了。全宮廷的人都會觀看這場對決，而雷爾提斯在國王唆使下，準備好塗了毒藥的劍。

國王教唆雷爾提斯，設下謀害哈姆雷特的計謀。

朝臣紛紛對比賽結果投下巨額賭注，因為哈姆雷特和雷爾提斯的劍術都是出了名的精湛。哈姆雷特挑了一把從練習用的鈍劍，絲毫不懷疑雷爾提斯另有詭計，也沒仔細檢查雷爾提斯的武器，不知道他沒按照擊劍的規範準備鈍劍，反而拿了一把劍鋒銳利、還塗上毒藥的劍。

一開始雷爾提斯沒出全力，讓哈姆雷特占得幾分優勢，國王立刻誇大地假意誇讚哈姆雷特，為他即將戰勝乾杯，還砸下鉅額賭注；但是過了不久，雷爾提斯暖身夠了，用塗毒的武器對哈姆雷特揮出一記狠戾重擊，要致他於死地。哈姆雷特生氣起來，可是他對這場比試背後的陰謀完全不知情，在混戰中偶然把他無害的武器和雷爾提斯的致命凶器交換，隨後又刺出一劍回敬雷爾提斯，讓雷爾提斯為自己的詭計嘗到苦果。

就在這個瞬間，王后突然尖叫起來，說自己被下毒了。原來，國王事先為哈姆雷特準備了一碗水，在水裡下好致命毒藥，準備在他因為比劍身體發熱、想要喝水時送上，免得雷爾提斯沒辦法打贏。沒想到，他忘記警告王后那碗水有毒，王后誤喝之後，只來得及說出自己被下毒，隨即毒發身亡。

哈姆雷特懷疑有人謀反，於是下令封閉所有出口，打算查清事件。雷爾提斯告訴他不用找了，因為他就是那個叛徒。他感覺到自己的生命從哈姆雷特刺出的傷口逐漸流失，便坦白說出自己的計謀，解釋自己如何反過來受害。他告訴哈姆雷特劍尖塗毒的事，說哈姆雷特也只剩不到半小時的生命，沒有任何藥可以解這種毒。最後，他請求哈姆雷特原諒，在他斷氣之前，他指控是國王籌劃這一切陰謀。

哈姆雷特知道自己死期將至，想起劍尖應該還有殘留的毒藥，冷不防轉向他邪惡的叔叔，把劍尖刺入他的心臟，完成了他對父親鬼魂的承諾，達成他的使命，向殺害他的兇手復仇。此時哈姆雷特開始呼吸困難，感覺生命逐漸流逝。他最好的朋友何瑞修在一旁見證這樁致命的悲劇發生，哈姆雷特轉向這位好友，用最後一口氣請求他活下去，把他的故事告訴世人。因為何瑞修曾經立誓，如果王子死去，他也會自殺相隨。何瑞修擔保，自己身為一個瞭解一切實情的人，會如實記錄一切。哈姆雷特聽見滿意的答覆，他高貴的心就此停止跳動。

何瑞修和其他旁觀者流著眼淚，請求天使眷顧這位親愛王子的靈魂。哈姆雷特是這樣一位慈愛又溫柔的王子，因為符合王子身分的高貴言行而備受愛戴，如果他繼續活著，必定會成為丹麥史上最高貴完美的國王。

哈姆雷特為父報仇後，也毒發身亡，好友何瑞修陪在他身邊。

你知道嗎？
關於《哈姆雷特》的豆知識

- 《哈姆雷特》是莎士比亞最長的戲劇作品，共計四千零四十二行對白，演完全本需要五個小時左右。

- 在莎士比亞筆下所有的人物中，哈姆雷特的台詞最多，總共一千五百三十行。

- 劇中的敘事視角十分貼近哈姆雷特本人的觀點，這也導致觀眾或讀者很難判斷哈姆雷特的遭遇究竟是真是假。以哈姆雷特父王的鬼魂為例，雖然衛兵、何瑞修也看到了鬼魂，卻只有哈姆雷特本人聽見鬼魂說話；在哈姆雷特與王后獨處時，也只有哈姆雷特看見鬼魂。究竟哈姆雷特是真的見到了父親亡魂，抑或一切只是哈姆雷特的幻覺？劇中並未給出明確的答案。

- 莎士比亞創作《哈姆雷特》時，英國的政治情況十分不穩定。伊莉莎白女王年事已高，然而膝下無子，也始終不肯指定王位繼承人，導致當時的社會氛圍充滿恐慌。《哈姆雷特》的故事背景雖然設定在丹麥，卻描寫國王在未指定繼承人的狀況下猝逝，其弟迅速掌握王權，引起王子哈姆雷特的不滿，在在呼應了當時英國社會大眾的擔憂。

奧賽羅

Othello

威尼斯富裕的議員柏拉班修有個漂亮女兒，名叫德絲狄夢娜，她個性溫柔，有許多人追求，一方面是看上她優良的條件，另一方面也是為了她將繼承的豐厚遺產。可是在出身與膚色都和她相仿的追求者中，沒有一個讓她看上眼，因為這位高貴的女子認為男人的心靈比外表更重要。懷著這種一般人可以欣賞但難以效法的特殊喜好，她選中的戀愛對象，是一位黑皮膚的摩爾人。她父親很喜歡這個人，常常邀來家中作客。

不過，德絲狄夢娜所選擇的人雖然看似不相配，其實也沒有什麼問題。除了黑皮膚以外，奧賽羅這位高貴的摩爾人吸引女性愛慕的條件一樣不缺。他是個勇猛的軍人，在和土耳其人的激烈戰事中，他擅於指揮，在威尼斯軍裡一路升上將軍，受到國家的器重與信賴。

他到過很多地方，德絲狄夢娜像大多數女子一樣，喜歡聽他講冒險的故事。他總會從最早的回憶開始說起：戰爭、攻城、正面交戰等等經歷；他在陸地上和水中遭遇過的各種危險；他踏進敵陣缺口或正對著炮口推進時，千鈞一髮逃脫的經驗；他如何被無恥的敵人俘虜、被賣為奴，在那種境況下委曲求全，藉機逃脫。除了這種種經歷，他還會描述在外國看見的奇怪事物：廣大的荒原，壯觀的洞穴，礦坑、岩石，高聳入雲的山巒；野蠻人的國度，吃人的種族，一支居住在非洲、頭長在肩膀下面的民族……這些旅行見聞深深吸引住德絲狄夢娜的注意力，如果她聽到一半，被叫去辦什麼家務，就會匆匆結束手頭工作，再跑回來，豎起貪婪的耳朵吸收奧賽羅的描述。有一次，他正好有許多空閒時間，在德絲狄夢娜的請求之下，便把自己一生的故事完整敘述了一遍。這故事雖然她聽過很多次，但每次都僅止於片段。奧賽羅所說的故事中，有一些年輕時候受苦的不幸遭遇，又騙走她不少眼淚。

故事說罷，她為奧賽羅所受的痛苦長嘆，立下感人的誓言，說這些遭遇都太奇異，太令人深深同情，讓她情願自己沒有聽過這些故事，卻又希望上天賜給她這樣一個男人。接著她感謝奧賽羅，還說如果他有朋友愛慕她，他只要教那個朋友如何像他一樣說故事，就能成功追求她。這樣的暗示直白又不失端莊，加上她迷人的美貌和羞紅的臉，讓奧賽羅瞬間理解狀況，立刻坦白愛意，把握這個不可多得的機會，獲得淑女德絲狄夢娜的同意，兩人私訂終身。

德絲狄夢娜傾心於奧賽羅，兩人私訂終身。

奧賽羅的膚色或身家，都不足以讓柏拉班修接納他做女婿。儘管他給予女兒很大的自由，但仍然希望她表現得像個威尼斯貴族女子，最終選一位來自參議員家族或身分相當的人做丈夫，而這個希望卻落空了。就算這個摩爾人是黑皮膚，德絲狄夢娜還是愛上他，把她的真心與財富都獻給這個勇敢優秀的人。德絲狄夢娜全心深愛自己選做丈夫的對象，他的膚色對許多人都會是難以克服的阻礙，但對這位眼光獨到的淑女而言，卻勝過所有膚色白皙的威尼斯年輕貴族，也就是她的追求者們。

他們的婚姻雖然低調舉行，可惜沒辦法保密太久，就傳進老父柏拉班修耳中。他在參議院莊嚴的議會中，以原告的身分控告摩爾人奧賽羅，說他會使用咒語和法術，藉此引誘美麗的德絲狄夢娜，讓她不先徵求自己父親的同意，就貿然與他結婚，有違賓主之間的分際。

可是，威尼斯此時卻亟需奧賽羅報效國家，有消息說土耳其軍已經組成一支強大的艦隊，行進路線折往賽普勒斯島，顯然是有意從威尼斯軍手中奪走這個重要的駐地。情況如此危急，政府只能把希望寄託在奧賽羅身上，因為他一個人就可以指揮賽普勒斯守軍對抗土耳其軍。因此，議會召見奧賽羅時，他既是執行國家重要任務的候選人，又身兼被告，按照威尼斯法律，他面對的罪名可以求處死刑。

基於柏拉班修的年紀和在議會中的地位，議會眾人都非常耐心地聽他陳詞。可是這位憤怒父親的指控毫無分寸，把臆測和推斷同樣視為證據，因此當奧賽羅被叫上前為自己辯護時，他只需要照實說出戀愛的經過即可。他以自然流暢的口才，細數前文述及的那些追求經過，說話方式坦率高貴，全憑事實為證，讓擔任主審法官的公爵忍不住感嘆，這種說故事的才華一定也能贏得他自己女兒的芳心。真相就此大白，所謂奧賽羅用來求愛的咒語和法術，原來不過是陷入愛情之人真摯的才能，他唯一使用的巫術，就是用說好聽故事的技巧贏得淑女的注意。

德絲狄夢娜夫人也現身法庭，親自為奧賽羅的供詞作證。她表示她對給予她生命及教育的父親負有義務，卻必須離開他，因為自己對於丈夫負有更高的義務，就像自己的母親也偏袒柏拉班修勝過母親的父親。

老議員無法成功抗辯，只好把摩爾人叫來，充分表達自己的傷心後，不得不把女兒交給他。他說，如果他能夠憑己意控制女兒，一定會全心全意讓女兒遠離他；還補上一句話，說他打從心底高興自己沒有其他子女，因為德絲狄蒙娜的行為會讓他成為暴君，只要想到她的背棄，他就會處處為難其他孩子。

度過這次困境，奧賽羅就要立刻接掌賽普勒斯的戰事，好在軍旅之苦對他而言像吃飯睡覺一樣稀鬆平常。德絲狄夢娜認為她丈夫這項工作雖然危險，卻比那些放縱在安逸享受中浪費生命的新婚夫妻來得高貴，因此欣然同意他去赴任。

奧賽羅和妻子剛抵達賽普勒斯，就傳來消息，說一場激烈的暴風雨打散土耳其艦隊，因此這座島眼下不會有立即遭遇攻擊的危險。可是，另一場將令奧賽羅受苦的戰爭正要揭開序幕；敵人會激得他對無辜的妻子產生怨恨，本質上比外邦人或異教徒更為致命。

在將軍所有的朋友之中，奧賽羅最全心信任的就是卡西歐。麥可・卡西歐是個年輕的士兵，來自佛羅倫斯，活潑、熱情、個性討喜，很受女性歡迎。

他英俊又會說話，正是這樣的人，容易讓比他年長幾歲（奧賽羅也算是）、又娶了年輕漂亮妻子的男人心生妒忌。可是奧賽羅性格高貴，沒有嫉妒心，要他無端懷疑別人，就像要他做出無恥行為一樣困難。先前追求德絲狄夢娜時，他就請卡西歐幫忙他和德絲狄夢娜談戀愛，卡西歐扮演的角色有點像是中間人，因為奧賽羅擔心自己不會輕言軟語哄小姐開心，又發現他的朋友有這個能力，於是常常請卡西歐代他去獻殷勤。在這位英勇的摩爾人身上，這種天真單純的思維，算是優點大過於缺點。所以也難怪，除了奧賽羅之外，溫柔的德絲狄夢娜最愛也最信任的人就是卡西歐，不過當然了，身為一位舉止合宜的妻子，她對這兩人的情感還是有很大差距。

儘管奧賽羅與德絲狄夢娜現在結婚了，也不影響他們對待麥可・卡西歐的態度。他常常登門拜訪，用輕鬆活潑的談話，逗個性比較嚴肅的奧賽羅開心；人總是從個性相反的人身上得到快樂，彷彿可以擺脫自己的個性，暫時喘息。而德絲狄夢娜和卡西歐會一起談天說笑，就像往日他替朋友追求這位小姐時一樣。

最近，奧賽羅把卡西歐升為副手，這個位子最靠近將軍本人，是信任他的表現。這個升遷決定卻激怒了伊亞果，這位軍官輩分更長，認為自己比卡西歐更有理由升職，也常常譏弄卡西歐只適合去陪姑娘們，一點也不懂得戰鬥技巧、兵力配置這些事情，只懂女人。伊亞果討厭卡西歐，也討厭奧賽羅，一個原因是奧賽羅偏愛卡西歐，第二個原因是伊亞果心裡有不理性的懷疑，輕率認定這摩爾人太過喜歡他的妻子愛蜜莉亞。基於這些幻想出來的罪狀，伊亞果陰險的內心暗自構想出一個可怕的復仇計畫，要讓卡西歐、摩爾人、德絲狄夢娜一起毀滅。伊亞果行事狡詐，又對人的天性頗有研究，知道所有能夠折磨一個人的心智、使他痛苦得超越肉體煎熬的方法，其中嫉妒之痛苦最難忍受，最容易讓內心刺痛。如果他能令奧賽羅嫉妒卡西歐，就是最巧妙的復仇劇本，而且可能演變成卡西歐或奧賽羅死亡，甚至是同歸於盡，他不在乎。

將軍和妻子一來到賽普勒斯，就接到敵軍艦隊潰散的消息，結果來到島上的日子就像度假一般。每個人都縱情饗宴，快樂逍遙。酒水源源不絕，大家一輪又一輪地敬酒，願黑皮膚的奧賽羅和他美麗的妻子德絲狄夢娜身體健康。

卡西歐當晚負責守衛，奧賽羅交代他不要讓士兵們喝得太多，不能酒後鬧事，嚇到當地居民，或導致他們厭惡初來乍到的軍隊。那一晚，伊亞果開始實施他醞釀已久的邪惡計畫：他以對將軍的忠誠與敬愛為由，向卡西歐灌酒，這對輪班守衛的軍官是大忌。卡西歐原本想推拒，可是敵不過伊亞果裝出的那種真誠暢快的態度，喝了一杯又一杯。伊亞果不斷幫他倒酒，甚至唱歌助興，卡西歐的舌頭不受控制，開始讚美德絲狄夢娜夫人，一次又一次舉杯歌頌她，極力稱讚她是最美麗的女子，直到最後，倒進嘴裡的最後一杯酒，終於讓他腦袋運轉失靈。伊亞果還安排一個人在此時挑釁卡西歐，引他拔劍，一位盡責的軍官蒙塔諾插手調停這場爭端，卻在混戰中負傷。這場騷動開始引起注目，設計這一切的伊亞果更第一個跑去發出警報，敲響城堡的鐘，彷彿發生的是什麼重大叛亂，不是微不足道的酒後爭執。

鐘聲驚醒奧賽羅，他匆忙穿好衣服，來到爭執現場，詢問卡西歐事發經過。卡西歐這時候已經回過神來，酒的作用稍微消退，可是因為太過羞愧不敢回答；奧賽羅堅持要瞭解真相，在他的逼問下，伊亞果裝做非常不情願指責卡西歐的樣子，把一切全盤托出，當然略過不提他自己做的好事，而卡西歐也已經記不清楚。他陳述的方式聽起來好像是要減輕卡西歐的過錯，其實卻是把過錯更加誇大。結果，奧賽羅這位重視紀律的將軍，不得不剝奪卡西歐副官的職位。

伊亞果第一次實行奸計就大獲成功，陷害他討厭的仇敵，讓他被趕出去。可是這個悲慘的夜晚還沒結束，他的奸計還會引發更進一步的險境。

面臨這些不幸的遭遇，卡西歐的酒完全醒了，對著裝做他朋友的伊亞果哀嘆，說自己實在太愚蠢，才會放任自己成為失控的野獸。他已經徹底完了，畢竟他要怎麼開口要求將軍再給他官職？將軍一定會說他是個酒鬼，連他自己都看不起自己。

伊亞果故做輕鬆，告訴他說任何人總有喝醉的時候，正是在最糟糕的狀況下才更應把握機會。他說將軍的妻子權力很大，可以說服奧賽羅做任何事，所以他最好去找德絲狄夢娜夫人，請她居中調解；她個性爽朗熱心，一定會立刻接下這樣的任務，讓卡西歐再度躍升為將軍的最愛，兩人的友愛情誼經歷這次裂痕，也會修補得更加堅固。伊亞果的建議其實很好，但他別有邪惡的居心，即將顯露出來。

卡西歐照著伊亞果的建議，請求晉見德絲狄夢娜夫人。只要坦誠以對，就很容易贏得這位女士的支持，她向卡西歐擔保，一定會替她向丈夫說情，寧死也不會放棄他的請託。她說到做到，立即用最真摯討喜的方式向奧賽羅求情，奧賽羅明明還對卡西歐非常生氣，卻也無法直接回絕。他表示這件事必須緩一緩，現在原諒這樣一個無禮之徒稍嫌過早，可是她不輕易讓步，堅持最晚應該在隔天晚上，或再隔天一早就讓他復職。她告訴丈夫，卡西歐的態度多麼慚愧卑微，說他的犯行不值得受到這麼重的處罰。奧賽羅還是沒有鬆口。

「什麼！我的丈夫，」德絲狄夢娜說：「我竟然必須為卡西歐求情到這種地步，他是麥可・卡西歐啊，是幫你追求我的人，有時我說了批評你的話，他還會站在你那邊！我以為這對你而言不過是件小事。如果我真想測試你的愛意，會提出更有分量的請求。」奧賽羅無法拒絕這樣的求情攻勢，只能請求德絲狄夢娜給他一點時間，保證終究會讓麥可・卡西歐復職。

碰巧，就在稍早，奧賽羅與伊亞果走進德絲狄夢娜所在的房間時，卡西歐因為來拜託她說情，正要從對面的門離開。伊亞果十分狡猾，故意用彷彿自言自語的音量說：「這樣不太好吧。」本來奧賽羅對這句話並沒有留心，他馬上就和妻子討論起來，暫時把這件事給忘了，可是隨後他又想起這句話。因為德絲狄夢娜走後，伊亞果假裝只是好奇，問奧賽羅說麥可・卡西歐在奧賽羅追求妻子時，知不知道奧賽羅心之所愛。將軍給予肯定的答覆，還提起他常常在追求過程中做為兩人的中間人。

伊亞果皺起眉頭，彷彿突然想通什麼可怕的事情，大聲說：「果然如此！」這讓奧賽羅回想起剛才伊亞果走進房間，看見卡西歐和德絲狄夢娜在一起時所說的那句話，他開始思索這話是不是意有所指，因為他認為伊亞果是個正直的人，個性友愛誠實，在奸人身上看起來像詭計的事，到了他身上都像是誠摯心靈的自然反應，必定是因為情況嚴重才難以啟齒。

奧賽羅拜託伊亞果說出他知道的事，把他最糟糕的想法用言語表達出來。伊亞果說：「如果闖進我心口的某些想法太過齷齪呢？畢竟哪有宮殿裡不會發生骯髒之事？」接著伊亞果又說，如果他片面的觀察給奧賽羅帶來麻煩就不好了，因為奧賽羅聽到他的想法之後，可能內心會難以平靜，但一個人的好名聲不應該因為些許懷疑而受到玷汙。

這些充滿暗示又不明確的言語勾起了奧賽羅的好奇心，弄得他焦躁不安，伊亞果假裝真的非常希望奧賽羅保持心靈平和，懇請他注意嫉妒的影響。這個惡人用這種精巧的手段，假意勸告奧賽羅不要任意起疑，反倒在原本不疑有他的奧賽羅心裡種下懷疑。

奧賽羅說：「我知道我的妻子很漂亮，喜歡朋友陪伴、參加宴會，有話直說，唱歌、演戲、跳舞都很優秀，可是因為她有美德，這些性格才顯得是優點。我要懷疑她不忠之前，必須先掌握證據。」

伊亞果假裝很高興奧賽羅不打算輕易懷疑妻子，大方坦承自己沒有證據，不過他請奧賽羅在卡西歐在場時，注意觀察她的舉止，先別急著嫉妒，但也別掉以輕心；他比奧賽羅更清楚自己同胞義大利女人的個性，在威尼斯，許多妻子讓上天看到的事，都不敢讓自己丈夫知道。接著他很有技巧地暗示德絲狄夢娜當初要和奧賽羅結婚時就騙過了父親，做得密不透風，她的老父親還以為有巫術涉入。這個論點十分打動奧賽羅，他不禁反思，既然她騙過自己的父親，會不會也欺騙自己的丈夫呢？

伊亞果為了使奧賽羅心神不寧道歉，奧賽羅儘管因為伊亞果的話而暗自神傷，表面卻裝作不為所動，請他繼續說下去。伊亞果連連道歉，好像不願意再多說卡伊歐的壞話，稱他是自己的朋友，但緊接著就切入重點，提醒奧賽羅，當初德絲狄夢娜拒絕了多少家世和膚色都與她相當的追求者，和他這位摩爾人結婚，實在不是很尋常的決定，也證實她有頑固的意志。當她的判斷力回復正常時，很可能就會拿奧賽羅和那些外貌姣好、膚色白皙的同族義大利年輕人做比較。他的結論是，建議奧賽羅再把與卡西歐的和解拖延一下，趁機觀察德絲狄夢娜會如何真摯地為他說情，如此就能看出不少真相。這個惡人就用這種巧妙的安排，讓這位無辜女子的溫情天性導致她的毀滅，織出一張網，用她自己的好心困住她：先用卡西歐說服她介入，再讓介入的行為本身成為毀滅她的工具。

伊亞果故意讓奧賽羅懷疑德絲狄夢娜。

談話最後，伊亞果懇求奧賽羅先認定妻子是無辜的，等到有更確鑿的證據再改變想法。奧賽羅答應會有耐心，可是從那一刻起，受騙的奧賽羅再也找不回心靈的平靜。無論是罌粟、曼陀羅或全世界其他各種助眠藥，都無法讓他像過去一樣酣睡。工作開始令他痛苦，他對戰事失去興趣，原本看見部隊、旗幟、士兵列陣，他的心就會飛揚起來，聽見戰鼓、小號、戰馬嘶鳴，他就會感到興奮難耐，現在卻似乎失去所有作為軍人應有的傲氣與野心，對軍事的熱誠和以往從軍的樂趣都離他而去。有時候他覺得妻子對他很誠實，有時候又覺得不是如此；有時候他覺得伊亞果是正人君子，有時候又覺得不是如此。然後他又希望自己從來不知道這些事，只要他不知情，妻子愛卡西歐對他也沒有壞影響。他被矛盾的心緒折磨撕扯，有一次甚至掐住伊亞果的喉嚨，要他拿出德絲狄夢娜不忠的證據，否則就以他構陷好人的罪名立刻處死他。伊亞果假裝生氣起來，說自己的真心被當成惡意，質問奧賽羅，有沒有看見過妻子手裡拿著上面綴有草莓圖案的手帕？奧賽羅回答說自己就送過妻子這樣一條手帕，是他送的第一份禮物。

「就是那條手帕，」伊亞果說，「我看見麥可・卡西歐某一天拿來擦臉。」

「如果真是你說的這樣，」奧賽羅說，「我不會善罷甘休，一定要讓復仇的怒濤吞噬他們。但首先，為了證明你的忠心，我要你三天內殺死卡西歐；至於我妻子，那位美麗的惡魔，我也會很快想出辦法來置她於死地。」

像空氣那樣輕微的小事，一旦成了證實妒意的證據，分量就好比聖經一般沉重。光是聽說他妻子的一條手帕被卡西歐拿在手裡，便足以使被矇騙的奧賽羅決定將他們兩個處以死刑，甚至沒打算先問過卡西歐是怎麼拿到手帕的。德絲狄夢娜從來沒有把手帕當成禮物送給卡西歐，這位忠貞的女子也不會做出把丈夫贈與的禮物送給別的男人這樣放蕩的事。卡西歐和德絲狄夢娜都是清白的，沒有對不起奧賽羅。可是，邪惡的伊亞果不眠不休在心裡計畫著詭計，叫他妻子從德絲狄夢娜那裡偷來手帕，這名善良但軟弱的女人也照做了，假裝想參考上面的圖樣，實際上卻故意把手帕掉在卡西歐會經過的路上，讓他撿起那條手帕，也讓伊亞果掌握把柄，可以謊稱那是德絲狄夢娜送的禮物。

奧賽羅聽信伊亞果的說詞，向德絲狄夢娜索討手帕。

奧賽羅不久之後就與妻子見面，假裝自己頭痛（雖然他的確也因為真相頭痛），想借用她的手帕按按太陽穴。

她掏出手帕。「不是這條，」奧賽羅說，「要我送妳的那條。」

德絲狄夢娜身上當然沒有，前面說過，手帕已經被偷了。

「怎麼會？」奧賽羅說，「這就是妳的不對了。那條手帕是一位埃及女人送給我母親的，那個女人是個女巫，能夠看穿他人的心思。她告訴我母親，只要留著手帕，手帕就會讓她討人喜歡，我父親也會愛她；可是如果她弄丟手帕，或送給別人，我父親的愛就會轉移，以前有多麼愛她，現在就有多麼厭惡她。她在死前把手帕給我，要我如果結婚就送給自己的妻子。我照做了。妳應該小心對待它，把它當成自己的眼睛一樣珍惜。」

「這是真的嗎？」驚恐的夫人問道。

「是真的，」奧賽羅繼續說，「那是一條魔法手帕，由一位已經活了兩百年的算命師做成，用來製作手帕的蠶絲來自神聖的蠶，再用少女木乃伊的心臟染色而成。」

德絲狄夢娜聽見手帕不可思議的來歷，簡直怕得要命，因為她以為真的是自己搞丟了手帕，擔心失去丈夫的愛。奧賽羅又開口討手帕，彷彿要做出什麼衝動的事，可是她沒有手帕，只好想辦法讓丈夫不要往嚴重的方向去想，還開玩笑說，他編出這些手帕的故事，其實只是想讓她別再為麥可・卡西歐求情吧。一如伊亞果的預言，她繼續誇獎卡西歐，最後奧賽羅在焦躁之下衝出房間，德絲狄夢娜雖然不想胡亂猜測，但也忍不住懷疑丈夫是心生嫉妒。

她不知道是什麼原因讓丈夫心生嫉妒，轉念一想，又怪自己竟懷疑高貴的奧賽羅，她想大概是威尼斯那裡傳來壞消息，或是一些國事上的麻煩讓他心神不寧，才會不像平常一樣可親。她說：「人不是神，我們不能要求結婚的對象每一天都像新婚日一樣完美無缺。」接著，她反過來責備自己，竟然因為奧賽羅不夠親切，就這樣批評他。

奧賽羅和德絲狄夢娜再度見面，這次他直接指控她不忠、愛上別的男人，但沒有說出對方的名字。奧賽羅流下眼淚，德絲狄夢娜說：「唉！今天太令人沮喪了！你為什麼哭？」奧賽羅回答，他可以堅強地忍受一切厄運：貧窮、疾病、恥辱，可是德絲狄夢娜的不忠讓他心碎。奧賽羅罵她是野花，外貌美麗、氣味芳香，引人嚮往，還說希望她從來沒有生在這個世上。他說完就離開，留下這位無辜的女子，被丈夫的不實指控嚇得神志不清。德絲狄夢娜突然感受到一股沉重的倦意，趕緊要求女侍幫她鋪好床，鋪上新婚時的床罩。她說人在教導小孩的時候，都用溫和的方法和簡單的任務來教，奧賽羅就算要責備她，也應該如此才是，因為她受責罵的時候就像小孩一樣不知所措。這位溫柔的女子，對此事的抱怨就僅止於此。

德絲狄夢娜上床休息，暗自希望丈夫會來和她共寢，因為精神受盡折磨，她很快陷入沉睡。此時，奧賽羅走進房間，滿心是想要殺死妻子的黑暗想法。然而，當他看見沉睡的德絲狄夢娜，忽然又覺得自己絕對沒辦法讓她流血，也沒辦法在她那比雪花石膏更白皙的肌膚上留下疤痕。可是，他已經決心要置德絲狄夢娜於死，否則照他所想，她會繼續背叛更多男人，像背叛自己一樣。於是奧賽羅決定要最後一次親吻她，這個吻無比甜蜜，讓他忍不住再吻一次。接著他又流下淚水，卻說這是殘酷的眼淚。

奧賽羅走進臥房，內心已經起了殺意。

德絲狄夢娜在他的親吻下清醒過來，看著奧賽羅，見到他咬住下唇，眼睛往上翻，她知道奧賽羅要痛下殺手時都是這個表情。奧賽羅要她準備好迎接死亡，好好祈禱，因為他不想連她的靈魂一併扼殺。這位無辜的妻子無助地躺在那裡，乞求他大發慈悲，也要求他說出自己的罪狀。於是奧賽羅說起卡西歐，以及他認定德絲狄夢娜送給卡西歐的那條手帕。清白的夫人還想為自己澄清，但奧賽羅突然不想再聽下去，用床褥蓋住她，直到把她悶死為止。

就在這一刻，卡西歐被帶進屋來，滿身是血。原來伊亞果派自己的手下去暗殺卡西歐，不過那人沒有成功殺死他，只是讓他受傷，但不致命，於是伊亞果就殺死那個手下，避免東窗事發。可是在手下的口袋裡搜出幾封信，讓伊亞果罪證確鑿，也證實了卡西歐的清白無庸置疑。卡西歐前來請求奧賽羅原諒，也想弄清楚奧賽羅為什麼生他的氣，竟然派伊亞果去謀殺他。

這項發現對奧賽羅來說有如五雷轟頂，他現在看清自己就是個殺人兇手，他可憐無辜的妻子從頭到尾都忠實於他。強烈的痛苦讓他無法忍受再活在世上，他猛然用劍刺向自己，就倒在他親愛妻子的屍體上，斷了氣。

事情驚人的發展讓在場者都大受驚嚇，因為奧賽羅一向有公正的名聲，即使他因為高貴的天性，毫不懷疑惡人的計謀，以致遭到操縱，但在此之前，他一直是個充滿愛意的丈夫。他的愛不夠有智慧，但真情實意；他英氣的雙眼，在瞭解到自己的錯誤之後，即使不習慣為小事而哭，還是落下眼淚，就像阿拉伯的樹木淌下樹液一樣。他死後，所有過去的功績與英勇之舉都受人牢記。

接著，繼任者無法挽回悲劇，只能用最嚴厲的法律對付伊亞果，讓他受盡折磨之後處死，並派人傳訊至威尼斯，轉告他們這位名將軍不幸死亡的悲劇。

你知道嗎？關於《奧賽羅》的豆知識

- 在《奧賽羅》首度演出時，是由一位叫瑪格莉特 · 休斯（Margaret Hughes）的女子飾演德絲狄夢娜，有人認為她是英格蘭首位登上舞台的職業女演員。
- 《奧賽羅》的故事並非莎士比亞原創，而是源於一位義大利作家所寫的〈一位摩爾上尉〉（'Un Capitano Moro'）。
- 故事中，奧賽羅是一位頗有成就的軍人，卻因為種族而飽受歧視。我們無法確知奧賽羅究竟是什麼族裔，在莎士比亞的年代，「摩爾人」一詞的定義比較廣泛，只要是深色皮膚的人都可以稱為「摩爾人」，有人猜測他是黑人，也有人猜測他是阿拉伯人。

李爾王

King Lear

李爾是不列顛的國王，他有三個女兒：長女高娜瑞爾，是奧本尼公爵的妻子；次女里根，是康瓦爾公爵的妻子；么女寇蒂莉亞，是未婚的少女，同時受到法蘭西國王與勃根第公爵的追求，基於這個原因，這兩位追求者眼下也住在李爾的宮廷裡。

老國王已年逾八十，年老與執政的辛勞將他折磨得精疲力竭，他決定不再參與國政，要把管理權交到年輕人手上，好讓自己有時間準備面對即將來臨的死亡。因此，他召來三個女兒，想聽她們說說誰最愛戴自己，並且把王國按照比例分割，給予每個人與愛意相當的分量。

長女高娜瑞爾說，她對父親的愛難以用言語形容，父親對她而言比自己的雙眼更重要，比生命與自由更重要。這種誇大的言詞既虛假又沒有真情，只不過是她憑著自信說幾句好話罷了。但國王很高興聽到她親口擔保自己的愛，也相信話語就代表她的真心，為表現父親的疼愛，便將這廣大王國三分之一的土地送給了她和她丈夫。

年邁的李爾王即將退位，打算將王國分給三個女兒。

接著他呼喚二女兒，要聽聽她有什麼話說。里根和姐姐一樣，內心有如空洞冰冷的金屬，她不甘示弱，說姐姐剛剛所說的話全都不足以表達她對陛下抱持的愛，又說愛著父王的快樂，讓其他的快樂都相形失色。

李爾以為自己真的擁有這麼愛他的孩子，十分慶幸。在里根做出這一番冠冕堂皇的宣言之後，他也不能偏心，又把王國的三分之一送給她和她的丈夫，和剛剛送給高娜瑞爾的土地一樣大。

接著輪到最小的女兒寇蒂莉亞，他總說這個女兒是他的快樂泉源。李爾問她有什麼話說，心中很肯定她會和姐姐一樣說出討他歡心的話，或許她的表達還會更為強烈，畢竟他一直疼愛這個女兒，比對另外兩個更加偏心。可是寇蒂莉亞厭惡兩位姐姐浮誇的言詞，深知她們說一套做一套，不過是想用好話哄騙老國王，讓他放棄自己的領土，好讓自己和丈夫在國王還活著時就取得統治權。因此，寇蒂莉亞只簡單地表示，她對陛下的愛符合自己的身分，不多也不少。

國王非常驚訝，他最疼愛的孩子竟然如此忘恩負義，便要求她重新思考自己的話，換一套說詞，免得言語損及她所應得的財富。

寇蒂莉亞於是告訴李爾，他就是她的父親，養育她、愛她，而她也以一個女兒的身分，聽從他、愛他，最重要的是尊敬他。但是她沒辦法像姐姐們一樣輕易從嘴裡吐出浮誇的話，保證自己不會去愛世上其他的事物。如果照她們所說，她們只愛自己的父親，那她們的丈夫又算什麼呢？如果她未來結婚，她相信自己交付的那個人也會想要分一半她的愛，分一半她的關心與責任，她沒有辦法像姐姐們一樣，結了婚卻只全心愛她的父親。

事實上，寇蒂莉亞對她老父的愛，幾乎就像她姐姐誇張的言語描繪的那麼真摯。換作其他場合，她會直接說出愛意，用更像個女兒、更有感情的方式表達，而不是像這樣，用聽起來確實有點不知感恩的方式陳述心志；可是看見兩位姐姐用華而不實的演說，取得如此豐厚的獎賞，讓她認為自己最好還是以沉默表示愛意，如此一來才能避免自己的情感招致唯利是圖的懷疑，也才能表現自己真的愛父親，而不是另有所求。她的言詞雖然不夠華美，卻比姐姐擁有更多真情誠意。

但是，李爾卻把這平淡的言語視為傲慢。這位老王非常生氣，他在全盛時期個性就急躁易怒，如今年老昏聵更掩蔽了他的理智，使他分不清哪些是實話、哪些是諂媚之詞，哪些是虛以粉飾的妄言、哪些是發自內心的真話。出於忿恨，他收回原本要送給寇蒂莉亞的另外三分之一土地，故意不分給她，轉而平分給她兩個姐姐和她們的丈夫，也就是奧本尼與康瓦爾公爵。

他把兩人叫來，當著所有朝臣的面授予他們小冠，讓他們共同享有國家全部的權力、稅收，以及管理政府的資格。李爾自己只留下國王的稱號，也放棄其他所有貴族權利，獨獨保留一個條件：他本人，要在一百位騎士的隨從下，每個月輪流到兩個女兒的宮殿裡接受款待。

他以如此荒謬的方式處置自己的王國，不受理性主宰，全憑一股衝動，讓所有朝臣都震驚又哀傷，可是沒有人膽敢在國王憤怒時插嘴，只有肯特伯爵站出來，要為寇蒂莉亞說些好話。李爾正在氣頭上，控制不了自己，便要肯特閉嘴，不過正直的肯特可沒有那麼容易打發。他一直對李爾非常忠心，尊他為君，愛他如父，奉他為主，認為自己的使命就是當一顆兵卒，迎面對抗這位尊貴主君的任何敵人。為了保護李爾，他願意獻上自己的生命。如今，李爾自己成了自己的敵人，這位忠僕也沒有忘記本分，他勇敢反對李爾，是為了李爾好；之所以如此違反廷儀，也是因為李爾已經陷入瘋狂。一直以來，他都是國王最忠實的顧問，現在他懇求國王像以往面對重要決策時那樣，明辨是非，傾聽他的建議，重新考慮這項可怕匆促的決定。他願用生命擔保自己的判斷：他認為李爾最小的女兒絕非最不愛他，那些沒有真心的人所說的話也反映不出內在的虛無。如果掌權者向虛矯低頭，懷抱榮譽的人就必須坦然直言。就算李爾威脅他，他早已把整個生命奉獻給國王，國王又能拿他怎麼辦呢？威脅無法阻止他遵從說出真話的義務。

忠心的肯特伯爵暢所欲言，卻只讓國王更加憤怒，宛如癲狂的病人殺死自己的醫生、反而傾心於致命的疾病，他下令放逐這位真正的忠僕，限他在五天內做好離開的準備，要是到了第六天，這個觸怒國王的人還站在不列顛的領土上，那一天就會成為他的死期。

於是肯特只好向國王辭別，他說：既然他已經用這種方式表達出真心，再待下去也和被放逐沒有區別。在離開之前，他又祈求眾神保護寇蒂莉亞這位思慮正直、言詞審慎的少女，也希望她的兩位姐姐真的能用愛的行動，實踐那些誇大的言詞。接著他就離開了，表示自己要到一個新的國家去貫徹自己的路。

現在，法蘭西國王和勃根第公爵被召來聽取李爾對小女兒的裁決，並詢問他們兩位是否還要繼續追求寇蒂莉亞，畢竟她惹父親不高興，已經失去財產，孑然一身。

勃根第公爵表示要退出競爭，不願在這種情況下娶她為妻。但是，法蘭西國王很清楚問題出在哪裡，他明白，寇蒂莉亞失去父親的愛，只不過是因為不善言詞，且不願像兩位姐姐一樣吐出奉承的謊話。他牽起這少女的手說，比起一座王國，她的美德是更可貴的嫁妝，要她向兩位姐姐和父親道別，儘管她的父親如此對她。法蘭西國王請寇蒂莉亞成為他的王后，成為法蘭西之女，統治比兩位姐姐所得更遼闊的領土；他更批評勃根第公爵沒有定見，對少女的愛竟能像水一樣瞬間流失殆盡。

於是寇蒂莉亞流淚告別姐姐，懇求她們好好愛護父親，實踐自己的承諾。

兩位姐姐很不高興，叫她少在那裡指手畫腳，有什麼責任她們自己清楚；更嘲弄小妹說，她還是想辦法讓自己的丈夫滿意吧，畢竟他願意娶她，簡直是命運女神的施捨。寇蒂莉亞只好帶著沉重的心離去，她知道兩位姐姐有多狡詐，暗自希望能把父親交到更好的人選手中。

寇蒂莉亞才剛離開，兩位姐姐邪惡的本性就開始顯露。老國王李爾按照說好的條件，住在長女高娜瑞爾那裡，第一個月都還沒過完，李爾便開始察覺承諾與實際作為之間的差異。

這卑鄙的女兒拿到父親贈與的一切，甚至連王冠都從頭上摘下來給她，卻還看不順眼老人留給自己、想讓自己感覺還像個國王的一點點王室派頭。她無法忍受那一百個騎士跟在他身邊，每回見到她父親，就皺起眉頭；每當老人想和她說話，她都推說身體不適，找盡藉口不見他。很顯然，高娜瑞爾把他的年老視作一種無用的負擔，把他的存在視作不必要的開銷。不只她自己對國王不盡心，在她的示範之下（恐怕還有私下教唆），宮中僕人也都無視老國王，要不是拒絕聽從他的指令，就是更看不起人地假裝沒有聽見。李爾不得不接受女兒言行不一的事實，但還是盡可能閉起雙眼逃避真相。人總是這樣，不願意相信自己的錯誤判斷與固執所導致的壞結果。

俗話說，真愛與忠誠不會因為惡行而泯滅，就像謊言與虛偽也不會因為善行而受到感化。這項準則在肯特伯爵身上完全體現，他雖然遭到放逐，只要有人發現他在不列顛境內，就會有生命危險，他仍然選擇留下來，承擔一切後果，只希望有一絲一毫的機會幫助到自己的主人。可憐的忠僕，雖然本質並不卑劣可恥，有時卻必須採取卑賤的手法與偽裝，才能盡好自己的義務！

這位忠心的伯爵拋下一切地位和排場，偽裝成一個僕人，主動表示要服侍國王。國王不知道這人是肯特假扮的，但很喜歡他回話時直白得近乎粗率的風格。肯特是故意這樣說話，這種方式有別於他女兒的油滑奉承，如今李爾已經發現這種言詞非常不負責任，所以變得非常厭煩。於是兩人很快立下約定，李爾收這個自稱凱斯的男人為僕，絲毫沒有想到他就是自己曾經最偏愛的那位高貴的肯特伯爵。

凱斯很快就找到機會，展現他對尊貴主人的愛與忠誠：就在同一天，高娜瑞爾的管家對李爾不敬，用無禮的眼神和言語對待他，顯然是背地裡受到自己的女主人指使。凱斯無法忍受聽見主人受到此等侮辱，沒有多想就一腳絆倒這沒禮貌的僕人，讓他正好跌進狗窩裡。這個友善的舉動讓李爾越來越親近他。

肯特並不是他唯一的朋友，就連弄臣這樣一個可憐的小人物，也有立場展現對李爾的愛。在李爾還有宮殿時，弄臣就住在他的宮殿裡，在那個年代，國王和大人物都有豢養弄臣的傳統，當作處理完嚴肅正事之後的娛樂。在李爾放棄自己的王冠之後，這可憐的弄臣還跟著他，用風趣的言詞逗他開心，偶爾也忍不住嘲笑這位主人太過匆促就決定放棄王冠，太快把一切都送給自己的女兒。他用一種押韻的打油詩說，這兩個女兒：

因突然的喜悅流下淚水，
而他只能唱著哀傷之歌，
因為國王竟然如此昏昧，
簡直不過就是傻子一個！

這種粗率的話、片段的歌，他腦子裡有一大堆。這個討喜又誠實的弄臣，連在高娜瑞爾面前都照樣有話直說，嬉笑怒罵的內容往往戳到痛處：例如他把老國王比擬成岩鷚，傻傻把杜鵑的幼鳥養大，到頭來只換得自己的頭被一口咬下；還說就連白痴也看得出來什麼時候是車在拉著馬走（意思是說李爾的女兒原本應該跟在父親身後，現在地位卻超越父親）；又說李爾已經不比當年，如今只剩下一抹苟延殘喘的影子。這種百無禁忌的話，有一兩次甚至讓他差點遭到鞭打。

李爾逐漸從不肖女兒身上察覺到的冷淡和不敬態度，可不是這位溺愛孩子的愚蠢老父嘗到的唯一苦果。高娜瑞爾乾脆直接告訴他，他堅持要帶著一百位騎士住在她的宮殿裡，造成她諸多不便，這種安排毫無用處又浪費錢，這些人每天宴飲狂歡，讓她的宮廷變得亂糟糟，因此她拜託父親減少騎士的人數，並且只留下和他一樣的老人，才和他的年紀相稱。

一開始李爾簡直不敢相信自己的眼睛和耳朵，不敢相信女兒竟說出這麼不客氣的話。這個女兒從他那裡取得王冠，現在竟然想削減他的隨從，而且只因自己年老就不再表示尊敬。可是高娜瑞爾堅持自己不合理的要求，老人勃然大怒，罵她是惹人厭的騙子，指責她胡亂編造；也確實如此，因為那一百名騎士都經過精挑細選，進退有度，明瞭自己的責任，不會像她說的那樣鬧事或宴飲狂歡。於是老國王叫人備馬，打算帶著一百名騎士啟程去找二女兒里根。他說忘恩負義是鐵石心腸的魔鬼，足以讓一個孩子變得比海怪更可怕。他用最難聽的話詛咒自己的長女高娜瑞爾，希望她永遠生不了孩子，就算有，也會遭受到孩子的蔑視，像她對待自己父親那樣，屆時她就能體會到，不知感恩的孩子，比蟒蛇的毒牙還要傷人。

高娜瑞爾的丈夫奧本尼公爵替自己開脫，不希望李爾認為自己也對他不好。李爾並不聽他解釋，在盛怒中命人替馬上鞍，和隨從出發前往另一個女兒里根的住處。此時李爾想起，就算寇蒂莉亞有錯，和大姐相較，那錯誤是多麼微不足道，不禁潸然淚下，轉念一想，高娜瑞爾這種人竟然讓他落淚，毫無男子氣概，更覺恥辱。

里根和丈夫平日把宮殿打理得富麗堂皇，李爾派出僕人凱斯帶話去給女兒，讓她可以先做準備，招待隨後抵達的他和騎士們。可是高娜瑞爾顯然搶在他前面，也送信去給里根，指控父親任性又脾氣壞，還建議她不要接受父親帶著這麼多隨從。高娜瑞爾的信差和凱斯同時抵達，跟凱斯打了個照面，這人不是別人，正是凱斯的老對頭：那個因為對李爾無禮被他絆倒的管家。凱斯不喜歡這傢伙表現出來的態度，懷疑他來此的目的不單純，於是開始辱罵他，激他和自己決鬥，那管家卻拒絕了，凱斯激動起來，直接把他打了一頓。這管家可說是罪有應得，畢竟他帶來了惡意的訊息挑撥離間，但是消息傳到里根和她丈夫的耳裡，他們就命人給凱斯戴上枷鎖，儘管他是父王派來的信使，理應受到最隆重的款待。因此，國王進入城堡的時候，第一眼就看到他忠心的僕人凱斯體面盡失地坐在那裡。

這件事只不過是個開端，預示國王在這裡將受到的待遇。更糟的接在後頭，他問起自己的女兒和女婿，得到的答覆卻是他們兩人旅行整夜太累，不能來見他。在他積極而且已經帶上怒氣的堅持下，他們終於前來晉見，他卻看見那討厭的高娜瑞爾也一同前來，原來她親自來到這裡，告訴他們自己的那套故事，讓妹妹也和父王反目成仇！

這幅景象讓老人大受打擊，看見里根牽著姐姐的手，打擊更甚。他質問高娜瑞爾，看見他蒼白的鬍鬚難道不羞愧嗎？里根卻勸他跟著高娜瑞爾回去，和她好好相處，遣走他一半的隨從，以請求她的原諒，畢竟他已經老了，缺乏判斷力，應該讓比他更明智的人來管理、領導他。李爾覺得這話實在是太荒謬了，要他向自己的女兒下跪，求她施捨衣食，這樣仰人鼻息實在違反天理。他宣告自己絕對不會回去，要帶著一百名騎士，在這裡和里根生活。他說，里根應該還沒忘記自己給了她半個王國，而且她的眼神也不像高娜瑞爾那樣狠戾，顯得溫和善良；如果要他遣走自己的一半隨從，跟著高娜瑞爾回去，他寧可去法國，懇求那位沒拿嫁妝也願意和小女兒結婚的國王，給他一筆養老金。

可是，他認定里根會比高娜瑞爾更善待他，終究只是判斷錯誤。她彷彿想和姊姊比賽誰更不孝一樣，說她覺得五十個騎士也嫌太多，留下二十五個服侍他已經足夠。

李爾簡直要心碎了，只好轉頭對高娜瑞爾說，自己願意和她回去，因為五十個是二十五個的兩倍，表示她對自己的愛也是里根的兩倍。沒想到高娜瑞爾卻立刻推辭，還說何必要二十五個那麼多呢？連十個、五個也用不著，反正她的僕人同樣可以照料他，或是妹妹的僕人也可以啊！這兩個壞女兒像是努力要比對方更殘忍，想盡辦法苛待曾經對她們那麼好的老父，一點一點削減他的隨從、他人對他的敬意（他曾經統治一整個王國，這對他來說已經夠難受了），剝奪所有能證明他曾是國王的象徵！

倒不是說他非要有陣容壯盛的隨從才能幸福，只是從國王淪為乞丐，從號令百萬人淪落到身邊沒有一個隨從，畢竟是艱難的轉變。況且，比起自己得不到所需，女兒的忘恩負義更令他痛苦，刺傷了這可憐國王的心。因為連續兩次遭到惡意對待，又氣自己蠢到把王國白白送人，他不禁失去冷靜，發誓要對這兩個違反倫常的女人報復，雖然還不知道怎麼做，但一定會讓她們得到慘痛的報應！

當他立下自己疲弱的雙手難以實踐的毒誓，夜晚降臨，颳起一陣雷電風雨交加的風暴。兩個女兒依然不願意接納他那些隨從，於是他要求備馬，寧可在風雨最大的時候上路，也不要和這兩個冷血的女兒待在一個屋簷下。她們回答說，如果他們一行人執意要現在走，受了什麼傷也是自找的，接著就在李爾面前關上大門，讓他陷入進退兩難的境地。

風聲呼嘯，雨勢不斷增強，老人仍然覺得直接迎擊大自然，也好過面對兩個女兒的惡毒。李爾王走了好幾英哩，都找不到什麼樹叢，在荒原上漆黑的深夜裡，他獨自在狂風暴雨中遊走，向強風與雷鳴挑戰，要風直接把大地捲入海中，或是讓海浪漲上來，淹沒整個地面，不要讓人類這種不知感恩的生物留下一個活口。

老國王身邊現在只剩下可憐的弄臣還一直跟著他，用樂觀的幻想和眼前的厄運對抗。他說，這麼個糟糕的夜晚不適合游泳，老國王最好還是回到室內，要他的女兒改變心意：

要是他還沒那麼愚蠢，
面對這樣的風雨交加，

早應該坦然接受命運，
縱使這雨會照樣落下。

還罵說這樣的夜晚正好讓某位女子從傲慢中冷靜冷靜。

這時，曾經君臨天下、如今形單影隻的李爾王，被他忠心不二的僕從給找到了，那人就是假扮成凱斯的肯特伯爵。國王一直沒發現，這個緊跟在他身邊的人就是肯特。

肯特開口說：「哎！陛下，你怎麼在這裡？就連喜歡夜晚的生物，也不會喜歡這樣的夜晚。風雨這麼可怕，所有野獸都回到窩裡躲起來了。人是沒有辦法承受這種折磨和恐懼的。」

李爾王在風雨中遊走，一旁只有弄臣陪伴。

李爾教訓他，說和更可怕的邪惡相較起來，這種困境根本不足為懼。如果內心安定，身體就有保持衿貴的餘裕，可是他內心的暴風雨已經讓他什麼都感覺不到，只感覺到自己心臟激烈的跳動。他說，不肖的女兒就像一張嘴巴，竟然撕咬送來食物的手掌，對子女而言，父母就是手掌，是食物與一切的根源。

可是善良的凱斯繼續懇求國王不要待在風雨中，至少躲進荒原上一個破敗的小屋裡，避避風雨。孰料弄臣一踏進那小屋，就立刻害怕得逃出去，說他看見了鬼魂。經過細查，所謂鬼魂不過是個可憐的瘋乞丐，他也爬進這個荒廢的小屋裡躲雨，滿口鬼話，讓弄臣飽受驚嚇。

這種可憐的瘋乞丐要不是真瘋，就是藉著裝瘋賣傻來激起一般人對他們的同情。他們在鄉野間遊蕩，總說自己叫「可憐的湯姆」或「可憐的乞丐」：「行行好，施捨可憐的湯姆一點東西吧？」還會把針、釘子、迷迭香的細枝刺進手臂，讓自己流血，用這種可怕的手段，加上半是祈禱、半是發瘋咒罵的言詞，讓不明真相的村民基於同情或恐懼施捨給他們。眼前這個乞丐就是這種人，國王看他處境可憐，衣不蔽體，只有一條蓋到腰部的毯子，不禁認定他也是把一切全都送給女兒的父親，才會落入這般境地；除了被壞女兒背叛，李爾想不出有什麼事能讓人變得如此不堪。

從李爾的這番判斷，加上他又說了些其他瘋話，忠心的凱斯看出他神智不清，女兒的惡行真的已經把他逼瘋。現在，忠僕肯特伯爵抓住他至今都沒有遇上的機會，為國王盡點心力。在幾位還效忠國王的隨從協助下，黎明時分，肯特就把他主人送到多佛的城堡，這裡是他身為伯爵的人脈與影響力最集中之處。肯特自己則前往法蘭西，趕到寇蒂莉亞宮裡，用生動的言詞告訴寇蒂莉亞，她父王如今面臨何等慘況，描繪她兩個姊姊非人的惡行。

這個善良深情的女兒聽得淚流不已，馬上請求她的丈夫法蘭西國王，允許她離開宮廷前往英格蘭，帶著足夠的兵力，懲戒殘忍的姐姐和姊夫，幫助老國王重回王座。請求得到許可，她立即出發，帶著王家軍隊來到多佛。

此時，李爾正好逮到機會，逃離肯特伯爵安排來照顧他、避免他發瘋失控的守衛，寇蒂莉亞的手下發現他在多佛附近的原野遊蕩，形容憔悴癲狂，大聲唱著歌，頭上戴著一頂自己用麥稈、蕁麻和其他玉米田裡撿到的雜草編成的王冠。

在醫生的建議下，寇蒂莉亞雖然非常想見到父親，還是強自忍耐，等著其他人讓李爾睡上一覺、服用草藥，使他的狀態穩定下來。寇蒂莉亞答應把所有的黃金和珠寶送給醫生，只求他們治好老國王。在專業協助之下，李爾很快就恢復到能夠會見女兒的程度。

這對父女重聚的場面十分溫馨，落魄的老國王顯然心情複雜，一方面非常高興再見到自己以前最疼愛的孩子，另一方面也非常羞愧，這個因為微不足道的錯誤就被他拋棄的孩子，如今竟然對他這麼孝順。這兩種矛盾的情緒，加上還沒治好的心病，讓他半瘋的腦袋一時忘記自己是誰，也忘記眼前這個溫柔親吻他、對他說話的人是誰。

於是他對旁觀者說：如果弄錯請不要見笑，但眼前這位女子難道不正是他的女兒寇蒂莉亞嗎！接著他就下跪，請求孩子的原諒。善良的寇蒂莉亞也跪下去，請求李爾放寬心，別再跪在地上，因為這是她應盡的義務，她就是他的孩子，是他的女兒寇蒂莉亞啊！一邊說著，她一邊親吻他，希望以吻抵銷姐姐的惡毒。

她說姐姐真應該感到羞愧，把年老慈愛、鬢髮蒼白的父親趕到寒冷的野外。她生動地比喻說，就算是她仇敵所養的狗，還曾經咬過她，在這種夜晚也會獲准留在她的火堆旁取暖。她告訴父親，這趟從法國來就是為了帶援軍給他；父親卻要她原諒並忘記一切，因為自己已經又老又愚痴，不知道自己做過什麼事，只記得寇蒂莉亞大有理由不再愛他，但她的姐姐們則不然。寇蒂莉亞回答，她也和姐姐們一樣，沒有理由不愛他。

暫時讓這個負責又孝順的孩子好好照顧老國王吧，透過睡眠和藥物的幫助，他本來因為其他女兒殘忍對待而深受打擊、分崩離析的心智，總算是被寇蒂莉亞與醫生拉回正軌。現在，我們回頭看看兩個壞女兒的狀況。

寇蒂莉亞與李爾王重逢。

這兩個忘恩負義的禽獸，對待老父親如此殘酷，對自己的丈夫自然也談不上忠實。她們很快就對維繫婚姻最基本的責任和情感生厭，直接表明自己已經移情別戀。巧的是，她們移情別戀的對象是同一個人：愛德蒙，他是已故格洛斯特伯爵之子，曾陷害自己的哥哥艾德加，讓這位法定繼承人失去爵位，再用詭計讓自己當上伯爵。這種心術不正的傢伙，果然是像高娜瑞爾和里根這種惡徒合適的戀愛對象。

同時，里根的丈夫康瓦爾公爵死了，里根立刻宣布她要和新任格洛斯特伯爵結婚，讓她姐姐嫉妒不已，因為這個邪惡的伯爵曾經三番兩次分別向兩姊妹表達愛意。高娜瑞爾設法用毒藥除掉妹妹，不料東窗事發，丈夫奧本尼公爵得知她毒死妹妹，又耳聞她和伯爵的不倫戀情，下令將她打入大牢。在絕望的愛與憤怒情緒下，她很快就在獄中結束自己的生命。也就是說，老天終於彰顯正義，收走這兩個壞女兒的性命。

所有人都在關注這件大事，讚賞命運終於讓應受之人得到報應，然而，天命詭譎難測，最年輕、最正派的女兒寇蒂莉亞夫人，也面臨哀傷的命運。她的善行理應獲得更好的回報，但純真與孝順未必每次都行得通，這就是這個世界的殘酷現實。先前，在格洛斯特伯爵唆使下，高娜瑞爾與里根派出兵馬，戰勝了法蘭西軍，而這邪惡的伯爵不喜歡有人擋住他取得王位之路，於是把被他關在獄中的寇蒂莉亞處死。在她向世界展現孝順的真諦後，上天早早就將這年輕而純潔的生命收回。李爾也在不久後過世。

打從老主人遭到大女兒惡意對待開始，好心的肯特公爵就亦步亦趨服侍他直到現在，在李爾死前，他想讓主人知道，自己就是先前跟隨他的僕役凱斯，可是李爾的腦袋受盡折磨，此時已經無法理解這件事，搞不懂肯特和凱斯怎麼會是同一個人，於是肯特心想，在這樣的時間點用各種解釋去煩擾他也沒有意義。李爾不久後就斷氣了，而這位忠心的僕人，在年紀與老主人遭遇的打擊下，很快也追隨主人而去。

在此就不贅述，後來上天如何審判邪惡的格洛斯特伯爵，揭露他的叛國罪，讓他在與正牌伯爵哥哥的決鬥中失去性命；而高娜瑞爾的丈夫奧本尼公爵，既沒有插手或鼓勵他邪惡的妻子反對父親，也沒有參與殺死寇蒂莉亞，在李爾死後登基成為不列顛新任國王。李爾與他的三個女兒已死，我們的故事也該告一段落。

你知道嗎？
關於《李爾王》的豆知識

- 《李爾王》的故事靈感來自一位傳說中的古代國王「不列顛的李爾」（Leir of Britain），他的事蹟記載於《不列顛諸王史》（*Historia Regum Britanniae*）。

- 故事中，李爾王遭遇的風暴可說是象徵了他內心的混亂，以及逐漸加劇的瘋狂。

- 據說由於《李爾王》的原始結局太過悲慘，所以並不受觀眾喜愛。一六八一年，詩人泰特（Nahum Tate）將《李爾王》改寫成美滿的結局，寇蒂莉亞最終與艾德加成婚。儘管許多評論家批評這個結局太俗濫，泰特改寫的版本卻廣受觀眾歡迎，在十八、十九世紀成為主流版本。

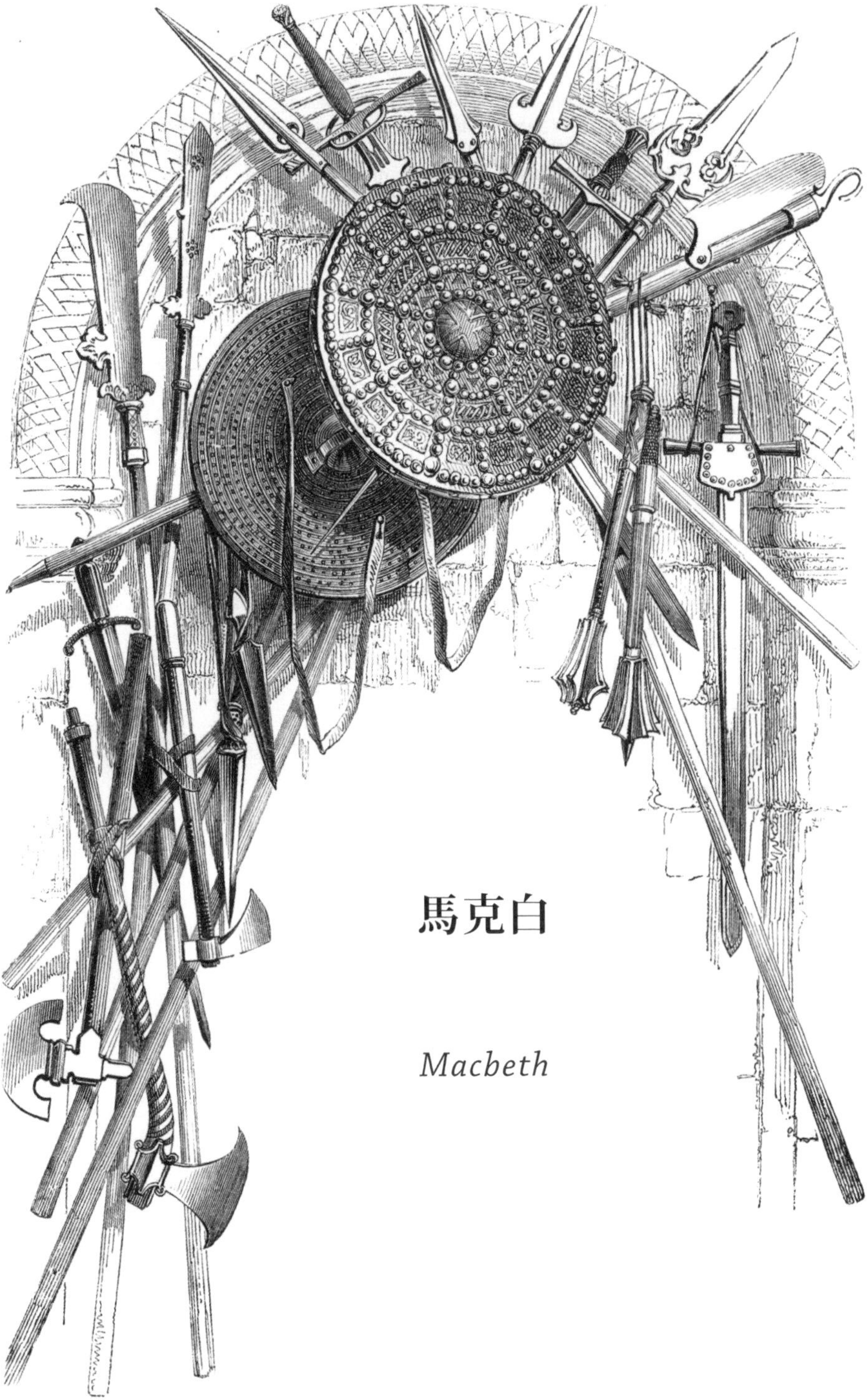

馬克白

Macbeth

性格溫和的鄧肯擔任蘇格蘭國王時，國內有一位重要的領主馬克白。馬克白是國王的近親，因為驍勇善戰，在宮裡備受敬重。他最近的一次戰功，就是戰勝了挪威派兵支援、人數龐大的叛軍。

兩位蘇格蘭將軍馬克白和班柯從大戰中凱旋歸來，經過一片枯槁的荒原，被三個奇怪的身影攔住。這三人看似女人，卻留著鬍子，皮膚皺縮，服裝怪異，看起來一點也不像人間的生物。

馬克白先出聲叫她們，對方似乎遭到冒犯，各自把一根扭曲的手指舉到細薄的嘴唇前面，示意他安靜。接著，第一個人向馬克白致意，稱他是葛萊密斯領主。這三個怪人竟然知道自己的身分，這位將軍似乎一點也沒有被嚇到，但是第二個人緊接著開口，稱呼他是考鐸領主，這個頭銜實際上並不屬於他；第三個人又說：「萬歲！未來的國王！」這種預言式的宣告讓他十分驚訝，因為他清楚國王的兒子還活著，他不可能有機會繼承王位。

接著，她們轉向班柯，用像謎語一般的話，說他：「不如馬克白，又超越他！沒有他快樂，又比他更快樂！」並預言他雖然自己無法稱王，子孫卻會接續成為蘇格蘭之王。然後她們就憑空消逝，兩位將軍隨即明瞭，他們遇到的是古怪姊妹，也就是女巫。

他們站在原地思考這樁奇遇，就遇上國王派來的信差，要來授予馬克白考鐸領主的榮譽。這件事如此神奇地呼應女巫的預言，讓馬克白大為吃驚，他滿懷訝異，甚至說不出話來好好回覆信差，同時，他內心有個希望快速膨脹，想著會不會第三個女巫說的話也能實現，他有一天會成為蘇格蘭的國王。

馬克白對班柯說：「女巫對我說的話已經應驗了，你難道不希望你的子孫成為國王嗎？」

這位將軍回答：「這種希望可能會激起你對王位的野心，但是這些黑暗使者總是只告訴我們一小部分的真相，誘騙我們鑄下大錯。」

但是，女巫邪惡的言語已經深種在馬克白的內心深處，讓他無心留意善良班柯的警告。從那一刻開始，他滿心只想著如何取得蘇格蘭國王之位。

馬克白和班柯在荒原中遇到三個女巫。

馬克白告訴妻子古怪姊妹對他說了奇怪的預言，而且預言已經實現了一部分。這位妻子心地不好，充滿野心，希望丈夫和自己有輝煌的成就，也不在乎要採取什麼手段。馬克白一想到要殺人流血就感到愧疚，但她卻激勵不情不願的丈夫，再三強調殺死國王是實現這輝煌預言不可或缺的一步。

在那個時代，國王為了展現自身的優越地位，常常會拜訪國內重要的貴族以示關心，這時他就正好來到馬克白的住處，還帶著兩個兒子馬爾康和多納本，以及一大群鄉紳和隨從，這盛大的陣仗是為了表揚馬克白在戰爭中立下的功勳。

馬克白的城堡環境宜人，空氣甜美清新，樑柱頂端延伸出的飾板和拱壁下，常有岩燕或燕子挑選合適的地點築巢。這些鳥頻繁出沒的地方，空氣品質一向很好。

國王滿意地踏進城堡，女主人迎上來表達自己的榮幸與敬意，更令他心花怒放。馬克白夫人善於把禍心掩藏在笑容之後，藏起真正的蛇蠍面貌，偽裝成一朵純真的花。

國王舟車勞頓，早早就上床睡覺，在他的寢室裡，兩位侍從官會依照傳統睡在他身側。國王對於受到的接待非常滿意，就寢之前，他獎賞所有重要朝臣，其中特別送了一顆分量十足的鑽石給馬克白夫人，稱讚她是待客有方的東道主。

時間來到午夜，大自然陷入死寂，詭譎的夢境侵擾著熟睡者的心靈，只有野狼和殺人兇手還保持清醒。馬克白夫人還醒著，開始謀劃殺害國王的方法。她身為一介女子，原本不想負責這麼可怕的工作，但是又擔心丈夫天性保有太多對人類的仁慈，無法痛下殺手。她知道，馬克白雖然有野心，卻太過小心，還沒準備好面對野心發展下去往往會伴隨而來的罪行。她已經說服馬克白同意動手，但她仍然懷疑他的決心，擔心他天生的溫和性格會成為阻礙（馬克白比她自己有人性得多），導致計畫失敗。因此，馬克白夫人親自準備好一支匕首，來到國王床前，事前她已經安排人源源不絕的送酒去給侍寢的侍從官，此刻他們都醉得熟睡不醒，無法履行自己的職責。鄧肯躺在那裡，因為旅行的疲勞睡得很沉，她仔細打量這個人睡著的臉，卻想起自己的父親，突然就失去動手的勇氣。

她回頭去和丈夫商量，此時馬克白的決心已經動搖，想出了各種反對動手的有力理由。首先，他不只是臣民，還是國王的近親，現在又是負責招待和取悅他的東道主，基於待客的原則，他本應該替國王防範刺客，而不是自己拿起刀子。接著，他又想到鄧肯是一個多麼正直且仁愛的國王，對臣民多麼寬容大量、對貴族多麼慈愛，尤其是對他。這樣的君王特別受到上天眷顧，要是被殺，臣民的復仇動力也將加倍。此外，正是因為國王的偏愛，馬克白才能擁有如今崇高的地位，這般榮譽怎麼能遭到如此齷齪的犯行玷汙！

從馬克白這些矛盾的想法中，馬克白夫人發現丈夫開始傾向善良的一邊，不想繼續執行計畫了。可是，馬克白夫人是個謀定邪惡企圖就不會輕易動搖的女子，便開始對著他的耳朵灌迷湯，把自己的想法灌輸進他的內心，舉出一個又一個他不應該臨陣退縮的理由：手段有多麼簡單；需要的時間多麼短暫；只費這麼一個短短的晚上，他們就能贏來多少個享盡榮華富貴的夜晚！

然後她又批評丈夫改變心意的決定，說他心志不堅，是個懦夫。她又說，自己也餵過奶，知道疼愛吸奶的寶寶那種柔軟的情感，然而她一旦發下誓言，像丈夫當初發誓要動手那樣，她就能在孩子對她微笑的時候，把孩子從胸前扯開，摔碎腦袋。最後她加上一句，要把罪行推到喝醉熟睡的侍從官身上輕而易舉。她用三寸不爛之舌指責丈夫做事不乾脆，終於讓他重新鼓起勇氣，做這件血腥的工作。

於是，馬克白手中握著匕首，在黑暗中，悄悄前往鄧肯睡著的房間，路上卻彷彿看到另外一支匕首浮在空中，劍柄朝向他，整個刀刃和刀尖都有血滴落。可是當他想抓住時，匕首就消失在空氣中，原來全是他由於承受壓力，腦袋發熱，一直想著接下來要做的事，才產生這種幻覺。

等他克服了恐懼，他踏入國王的寢室，只刺一刀就送國王上路。

完成謀殺之後，睡在房間裡的其中一個侍從官突然笑起來，另一個則在睡夢中大叫：「謀殺啊。」

這叫聲將兩個侍從官都給驚醒，兩人喃喃唸出禱詞。一個說：「上帝保佑我們！」

另一個說：「阿門。」接著，兩人又沉沉睡去。

馬克白站在那裡，在聽到第一個人說「上帝保佑我們」的時候，他本來也想開口說「阿門」，可是，雖然他亟需神的庇佑，話語卻卡在喉嚨，說不出口。

他又聽到一個聲音大聲說：「不要再睡了。馬克白殺死了睡眠，無辜的、孕育生命的睡眠。」

那聲音接著說：「不要再睡了。」聲音迴響在整間屋裡：「葛萊密斯謀殺了睡眠，因此考鐸永遠無法安眠，馬克白永遠無法安眠。」

馬克白帶著這種可怕的幻覺，回到正傾聽動靜的妻子身邊，妻子正想著他是不是沒有完成目標，計畫是否因為某種原因失敗了。馬克白走進來的時候神情恍惚，她用嚴厲的語氣要他打起精神，叫他去把手上的血跡洗掉，她則拿著匕首，去把血跡沾在侍從官的臉頰上，以便嫁禍給他們。

早晨來臨，謀殺的事實被人發現，再也無法隱藏。雖然馬克白和他的夫人極力表現出悲傷，對侍從官不利的證據也很充分（行兇匕首被放在他們身邊，臉上還沾著鮮血），但是眾人還是都懷疑馬克白，畢竟他的動機要比兩個可憐又愚蠢的侍從官強得多。

鄧肯的兩個兒子立刻逃亡，大兒子馬爾康前往英格蘭宮廷尋求庇護，小兒子多納本則逃到愛爾蘭去。

國王的兩個兒子原本應該繼承王位，這樣一來，王位就空出來了，馬克白是下一個順位繼承人，順利戴上王冠，實現古怪姊妹所做出的預言。

雖然坐上高位，馬克白和王后仍然沒有忘記古怪姊妹接下來的預言：馬克白會成為國王，他的子孫卻不行，在他之後的繼任者是班柯的子孫。他們一想到這件事，又想到自己雙手已染上鮮血，犯下如此重罪，卻要讓班柯的子孫白白獲得王位，內心就憤恨不已，終於決定要把班柯和他的兒子都殺掉，讓古怪姊妹已經徹底應驗在他們身上的預言無法繼續成真。

為了達成目標，馬克白夫妻舉辦盛大的晚宴，廣邀所有重要領主，其中，特別慎重地邀請了班柯和他兒子弗里恩斯。馬克白事先安排好殺手，趁著夜晚，在前往宮殿必經的道路上，刺殺了班柯，可是一陣混亂中，弗里恩斯卻逃走了。弗里恩斯後來的子孫相繼坐上蘇格蘭王位，最後一位是蘇格蘭的詹姆士六世暨英格蘭的詹姆士一世，正是這位國王在任內將英格蘭和蘇格蘭統一。

在晚宴上，王后表現出最親切高貴的態度，扮演優雅的女主人，照顧到每一位出席的賓客，馬克白也和領主與貴族自在地交談。他說，天下所有值得尊敬的人今晚都聚在他的屋裡，真希望他的好友班柯也在，他寧可怪罪老友忘了赴宴時間，也不希望他發生什麼不測。

就在說出這些話的同時，被他殺害的班柯的鬼魂走進房間，在馬克白原本要坐的椅子上坐下。

馬克白雖然是個勇敢的男人，即使面對魔鬼也不會顫抖，但一看見這麼可怕的景象，卻也嚇得臉色慘白，膽怯地站在一邊，雙眼死盯著鬼魂。王后和所有貴族什麼也沒看見，只見他盯著他們認為是空著的一張椅子，顯得焦躁不安。王后斥責他，低聲說這和他在殺死鄧肯之前看見半空中的匕首一樣，都是幻覺。可是馬克白一直盯著鬼魂，完全沒注意旁人說的話，還開始對鬼魂胡言亂語，眼看就要洩漏出真相，王后擔心可怕的祕密被揭露，急急忙忙送客，辯稱馬克白奇怪的舉止是出於他經常發作的老毛病。

在晚宴上，馬克白看見了本該被殺害的班柯。

就這樣，馬克白受到可怕的幻覺宰制。他和王后睡覺時都被噩夢折磨，比起鮮血淋漓的班柯，更令他們擔心的是逃走的弗里恩斯，他們認為就是弗里恩斯的後裔會奪走自己子孫的王位。這些不祥的念頭讓他們惴惴不安，馬克白決定再去尋找古怪姊妹，做好最壞的心理準備。

他在荒原上一個洞穴裡找到古怪姊妹，她們透過預知能力，早就知道他會來，著手準備恐怖的法術，用來召喚地獄的魂魄，告訴她們未來的發展。這法術需要的詭異材料有蟾蜍、蝙蝠、蟒蛇、蠑螈眼珠、狗的舌頭、蜥蜴腳、貓頭鷹翅膀、龍鱗、狼牙、兇惡海鯊的胃、女巫木乃伊、有毒的鐵杉根（這項材料必須在夜裡挖掘）、山羊的膽汁、猶太人的肝臟、根部紮在墳墓裡的紫杉枝條、死去小孩的手指。所有材料都丟進一個大釜裡烹煮，每當溫度過高，就加進狒狒的血液調整，最後再倒入吃掉自己小孩的母豬血液，並把殺人犯在絞刑台上出的油汗加進火裡。透過這種法術，就能讓來自地獄的魂魄回答她們的問題。

馬克白回到荒原，請求三個女巫告訴他未來。

她們詢問馬克白，他希望自己的疑慮是由她們解答，還是由她們的主人（也就是鬼魂）來答覆？他並沒有被眼前驚悚的儀式嚇倒，大膽回答：「他們在哪裡？讓我見他們。」

於是她們喚出鬼魂，一共有三個，第一個像是戴著頭盔的頭顱，直呼馬克白的名字，要他注意法夫的領主。馬克白謝謝他的提醒，他早就看不順眼法夫領主麥克德夫了。

第二個鬼魂是一個渾身染血的孩子，它也直呼馬克白的名字，要他不需害怕，可以盡情嘲笑人類的力量，因為沒有一個由女人所生的人傷得了他；鬼魂要他更殘暴、大膽、果斷。

「那就放過你吧，麥克德夫！」國王大聲說，「我何必怕你？不過保險一點更好，你還是去死吧，這樣我就能駁斥心中的恐懼，即使暴雷響起也能安睡。」

第三個鬼魂被送走了，第三個鬼魂以戴著王冠的小孩形象現身，手裡握著一棵樹。它直呼馬克白之名，要他不用擔心叛變，因為除非伯南森林的樹木長到鄧辛那山丘，否則他永遠不會被打倒。

「真是好預兆！太好了！」馬克白大聲說，「誰有辦法移動森林，讓深入土壤的樹根移動？看來我可以安享天年，不會年紀輕輕就橫死。不過我跳動的心臟想知道一件事。告訴我，如果你們什麼都知道，那班柯的子孫未來會不會統治這個王國？」

此時，大釜沉入地面，突然響起奇異的音樂，八個像是國王的身影走過馬克白身邊，班柯是最後一個，他手裡拿著鏡子，映照出更多個身影。班柯用帶血的臉對馬克白微笑，指向鏡中人影，於是馬克白便明白，這些是班柯的子孫，會在他之後統治蘇格蘭。女巫們奏著輕柔的音樂，跳起舞來，向馬克白致意，接著消失無蹤。

從此刻開始，馬克白滿心都是殘暴可怕的想法。

他離開女巫洞穴後聽到的第一個消息，就是法夫領主麥克德夫逃到英格蘭，加入前任國王之子馬爾康召集的反抗軍，打算把馬克白拉下王位，讓正統的繼承人馬爾康登基。馬克白滿心憤怒，立刻率軍前往麥克德夫的城堡，把這位領主留在家中的妻兒用劍砍死，凡是和麥克德夫有一點點關係的人無一倖免。

這件事和其他類似的行為，讓馬克白逐漸失去手下貴族的忠誠，貴族們只要逮到機會，就逃去加入馬爾康和麥克德夫，如今他們在英格蘭組織的軍隊已經很強盛；其他貴族即使因為害怕馬克白而不敢採取行動，也暗自希望叛軍能夠戰勝。馬克白招募兵馬的速度很慢，他這個暴君受到所有人厭惡，絲毫不受愛戴、尊崇，每個人都提防著他。他開始羨慕自己殺死的前任國王鄧肯，他遭到最慘烈的背叛後，如今已在墓中安眠，無論是武器或毒藥、內憂或外患，都再也傷不了他。

王后是唯一一個和他共享惡行的夥伴，當馬克白睡在她懷中，偶爾可以得到片刻安寧，不被噩夢侵擾。但就在這些事發生的同時，王后死了，據說是她再也忍受不了懊悔、愧疚、眾人的憎惡，自己下了手。現在他孑然一身，沒有哪個人愛他、關心他，也沒有可以分享邪惡計畫的朋友。

馬克白夫人承受不了龐大的罪惡感，
瀕臨發狂。

他越來越不在乎生命，只求一死，可是馬爾康的軍隊步步逼近，又喚醒他體內沉睡的鬥志，按照他自己的說法，他決心要「穿著鎧甲戰死」。此外，女巫們含糊的保證也讓他產生錯誤的信心，因為他記得鬼魂預言過，沒有女人所生的人傷得了他，況且伯南森林必須移動到鄧辛那山丘，他才會戰敗，可是這件事不可能會發生。所以他把自己關在城堡裡，難以攻破的城堡宛如一座堡城，他就坐在這裡，憂愁等待馬爾康到來。

有一天，一名信差來到他面前，那人因恐懼而臉色蒼白、渾身發抖，幾乎無法好好傳遞自己看到的消息：他說他在山丘上站崗，往伯南方向看去，卻發現森林開始移動！

「你這個卑鄙的騙子！」馬克白大吼，「如果你說謊，我就把你活生生吊在最近的樹上，直到餓死為止。如果你說的是實話，我允許你用同樣的手段回報。」

馬克白堅定的心開始動搖，不禁懷疑起鬼魂模稜兩可的話。除非伯南森林來到鄧辛那，否則他都高枕無憂，可是現在森林竟然動了！

「不過，」他說，「假如他說的是真的，我們就整裝出發吧。我們在這裡插翅難飛，也不能坐著等死。我已經對太陽厭煩了，只求生命快快結束。」說完這番絕望的話，他就率軍迎向抵達城堡的攻城軍。

讓信差誤以為森林開始移動的怪異景象，道理很簡單：攻城軍穿過伯南森林時，馬爾康這個善於謀略的將軍，指示每個士兵砍下一根大樹枝，舉在身前，想要藉此掩飾軍隊的數量。從遠處看去，這支軍隊帶著樹枝移動的樣子就唬住了信差。因此，鬼魂傳達的訊息，實際意義和馬克白所設想的不同，瞬間就讓他信心全失。

現在雙方正面交戰，馬克白陣營的人打得疲軟無力，表面上是他的盟友，其實痛恨這個暴君，暗自站在馬爾康和麥克德夫這一邊；不過，馬克白本人滿懷怒意、氣勢萬鈞，接連砍倒面前所有敵人，終於在戰場上遇見麥克德夫。一看見麥克德夫，馬克白想起鬼魂警告他要小心這個人，本想轉身就走，可是麥克德夫一直在戰場上尋找馬克白，見狀立即擋住他的去路，兩人激烈打鬥起來。麥克德夫用惡毒的言語咒罵他殺死自己的妻兒，馬克白心知那家人的死都要算在自己頭上，不願與他正面交鋒，麥克德夫卻繼續激他，叫他暴君、殺人兇手、地獄惡犬、混蛋。

此時馬克白想起鬼魂說過，沒有任何女人所生的人傷得了他，又自信起來，笑著對麥克德夫說：「你不用白費功夫，麥克德夫，你傷不了我，就像傷不了空氣一樣。我的生命有巫術加持，不會被女人所生的人類所傷。」

「你的巫術沒有用，」麥克德夫回答：「你信奉的鬼魂沒有告訴你，麥克德夫不是女人所生。我出生的方式有別於一般人，還沒足月就被從母親體內取出。」

「我詛咒你告訴我這件事的嘴巴，」馬克白發起抖來，感覺到最後一絲信心也消失殆盡。「但願未來再也沒有人相信女巫模稜兩可的謊言和鬼魂的騙局，他們話中有話，欺騙我們，表面上看似實現諾言，卻用不同的意義摧毀我們的希望。我不想再跟你打了。」

「那你就留著小命吧！」麥克德夫嘲笑他，「我們把你抓去展覽示眾，像怪物秀一樣，掛上一塊彩繪的招牌，上面寫著：『大家來看暴君』！」

「不行，」馬克白在絕望下又恢復了勇氣，「我不要活著向年輕的馬爾康俯首稱臣，成為暴民咒罵攻擊的目標。雖然柏南的樹木已經來到鄧辛那，你這個不是女人所生的人也站在我面前，但我還要做最後一搏。」

說完這些狂亂的話，他衝向麥克德夫，麥克德夫奮力反擊，終於戰勝他，砍下他的頭顱，當作禮物獻給年輕的馬爾康，也就是合法的王位繼承人。經過漫長的時光，叛國者陰謀篡奪的王權總算回到馬爾康手中，他在貴族與人民的歡呼聲中，承接溫和的鄧肯留下的王位。

你知道嗎？
關於《馬克白》的豆知識

- 托爾金撰寫的經典奇幻文學作品《魔戒》中，有不少橋段的靈感來源與《馬克白》有關。預言告訴馬克白「除非伯南森林的樹木長到鄧辛那山丘，否則他永遠不會被打倒」，後來馬爾康的軍隊砍下樹幹當作掩護，實現了這個預言。但托爾金本來很想見到森林真的移動「深入土壤的樹根」，前去攻擊馬克白，於是他創造了「樹人」這個種族，描寫他們向巫師薩魯曼的要塞進軍。

- 據說《馬克白》是一齣受到詛咒的戲劇，因此在戲劇界有個禁忌：絕對不能在劇場中說出「馬克白」三個字，只能代稱「那齣蘇格蘭的戲」，甚至不能在演出前引述劇中的對白。如果不小心說了，說的人就要走出劇場，逆時針轉三圈，罵一句髒話，才能回到劇場。為何這齣戲受到詛咒，至今眾說紛紜，但在《馬克白》的演出史上，意外確實層出不窮。一九四二年，英國名演員吉格爾爵士曾參與一檔製作，當中有四人死亡，包括兩名飾演女巫的演員、以及飾演鄧肯的男演員。

- 馬克白是歷史上真實存在的蘇格蘭國王，不過他的生平和莎士比亞所編的故事相差甚遠。據記載，他的確篡了鄧肯的王位，但在他統治期間，蘇格蘭相對和平。
- 馬克白被描寫成一位暴君，為什麼許多人依然認為他是個悲劇英雄？亞理斯多德在《詩學》中，將悲劇英雄大致定義為：一名身分高貴、性格良善的人，由於性格缺陷而鑄下大錯，招致噩運。在故事中，馬克白原本是位備受敬重的人，卻因為過於龐大的野心而做出暴行，最終走向毀滅，這樣的發展符合亞理斯多德的定義。

莎士比亞大事記

關於莎士比亞私人生活的歷史記載不多，流傳下來的劇作也往往有好幾種不同版本，因此史家多半只能大致推斷各部作品寫於什麼時期，難以判定明確的寫作年分。針對其確切生平和創作年表，至今仍有許多不同說法。

	莎士比亞生平大事	劇作年代
一五六四年四月	威廉・莎士比亞出生於史特拉福。	
一五七一年	進入國王學校就讀。	
一五八二年	與安・海瑟威成婚。	
一五八九至一五九三年		完成《維洛那二紳士》（*The Two Gentlemen of Verona*）。
一五八九至一五九四年		完成《錯中錯》（*The Comedy of Errors*）。
一五九〇年代		
一五九〇至一五九二年		完成《亨利六世》第一部（*Henry VI, Part 1*）。
一五九〇至一五九六年		完成《約翰王》（*King John*）。
一五九一年		完成《亨利六世》第二部（*Henry VI, Part 2*）。
一五九二年	有史料記載莎士比亞此時已移居倫敦，開始戲劇表演及創作事業。	完成《亨利六世》第三部（*Henry VI, Part 3*）。

雅芳河畔的史特拉福，莎士比亞故居示意圖。

一五九二至一五九三年		完成《愛德華三世》（*Edward III*）。
一五九三年		完成《理查三世》（*Richard III*）。
一五九三至一五九四年		完成《馴悍記》（*The Taming of the Shrew*）、《泰特斯・安特洛尼克斯》（*Titus Andronicus*）。
一五九四年		完成《羅密歐與茱麗葉》（*Romeo and Juliet*）、《愛的徒勞》（*Love's Labours Lost*）。
一五九五年		完成《理查二世》（*Richard II*）、《仲夏夜之夢》（*A Midsummer Night's Dream*）。
一五九六年		完成《威尼斯商人》（*The Merchant of Venice.*）、《亨利四世》第一部（*Henry IV, Part 1*）。
一五九七年		完成《亨利四世》第二部（*Henry IV, Part 2*）、《溫莎的風流婦人》（*The Merry Wives of Windsor*）。
一五九八年	莎士比亞的名字開始出現在劇本扉頁。	完成《無事生非》（*Much Ado About Nothing*）。

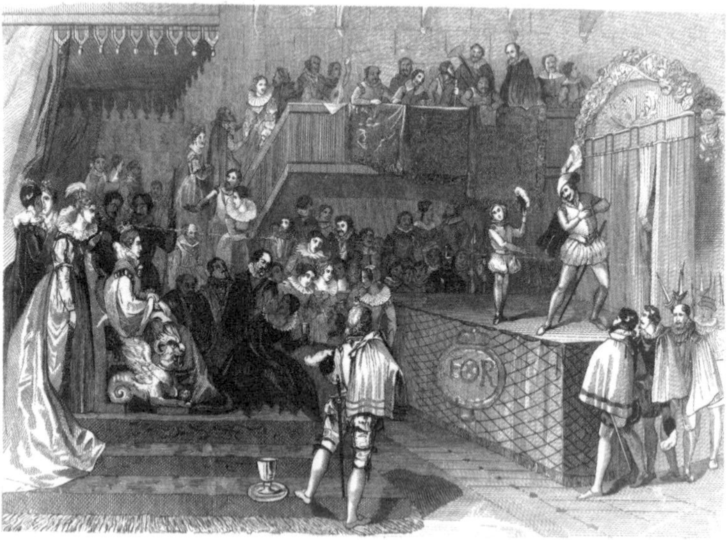

莎士比亞在伊莉莎白女王面前演出。

一五九九年	建造環球劇場。	完成《皆大歡喜》（*As You Like It*）、《凱撒大帝》（*Julius Caesar*）、《亨利五世》（*Henry V*）。
一六〇〇年代		
一六〇〇年		完成《哈姆雷特》（*Hamlet*）。
一六〇〇至一六〇三年		完成《特洛伊羅斯與克瑞西達》（*Troilus and Cressida*）。
一六〇一年		完成《第十二夜》（*Twelfth Night*）。
一六〇一至一六〇二年		完成《終成眷屬》（*All's Well That Ends Well*）。
一六〇二至一六〇三年		完成《奧賽羅》（*Othello*）。
一六〇三年	詹姆士一世繼位，成為莎士比亞參與的「宮內大臣劇團」（Lord Chamberlain's Men）新贊助人，劇團改名為「國王劇團」（the King's Men）。	完成《量罪記》（*Measure for Measure*）。
一六〇四至一六〇六年		完成《雅典的泰門》（*Timon of Athens*）。

一六〇五年		完成《李爾王》（*King Lear*）。
一六〇六年		完成《馬克白》（*Macbeth*）。
一六〇六至一六〇七年		完成《波里克利斯》（*Pericles*）。
一六〇七至一六〇八年		完成《安東尼與克莉歐佩特拉》（*Antony and Cleopatra*）。
一六〇八年	回到史特拉福居住。	完成《科利奧蘭納斯》（*Coriolanus*）。
一六〇九年		完成《冬天的故事》（*The Winter's Tale*）。
一六一〇年代		
一六一〇年		完成《暴風雨》（*The Tempest*）。
一六一一年		完成《兩位貴親》（*The Two Noble Kinsmen*）。
一六一二年		完成《卡丹尼歐》（*Cardenio*），此劇現已失傳。
一六一三年	最後的作品問世，此後停止創作新劇本。	完成《亨利八世》（*Henry VIII*）。
一六一六年四月	於史特拉福逝世。	

莎士比亞故事精選
經典新譯插畫版

Tales from Shakespeare

作者　莎士比亞 William Shakespeare／原著
　　蘭姆姐弟　Charles Lamb & Mary Lamb／改寫
　　亨利・寇特尼・瑟路斯 Henry Courtney Selous／插畫
譯者　陳孝恆、方慈安
執行編輯　陳思穎
行銷企畫　高芸珮
封面設計　陳文德
版面構成　賴姵伶
發行人　王榮文
出版發行　遠流出版事業股份有限公司
地址　臺北市南昌路 2 段 81 號 6 樓
客服電話　02-2392-6899
傳真　02-2392-6658
郵撥　0189456-1
著作權顧問　蕭雄淋律師
2019 年 6 月 1 日　初版一刷
定價新台幣　250 元
有著作權・侵害必究　Printed in Taiwan
ISBN　978-957-32-8564-9
遠流博識網　http://www.ylib.com　E-mail: ylib@ylib.com
（如有缺頁或破損，請寄回更換）

Illustrations on pages 11, 39, 69, 101, 133, 163, 191, 221 are by Charles Knight; *Straford on Avon* on page 250 and *Shakespeare performing before Queen Elizabeth and her court* on page 252 are by unknown authors, retrieved from the Library of Congress.

Chinese(complex) Translation Copyright ©2019 by Yuan-Liou Publishing Co., Ltd.
All rights reserved.

國家圖書館出版品預行編目 (CIP) 資料

莎士比亞故事精選 / 莎士比亞 (William Shakespeare) 原著；蘭姆弟 (Charles Lamb), 蘭姆姐 (Mary Lamb) 改寫；陳孝恆，方慈安譯. -- 初版. -- 臺北市：遠流, 2019.06
面；　公分
譯自：Tales from Shakespeare
ISBN 978-957-32-8564-9(平裝)
873.4332　108007153